ポケット万葉集

万葉の花かご

小柳左門

致知出版社

ポケット万葉集——万葉の花かご

「ポケット古典シリーズ」の刊行にあたって

明治・大正期の日本では、『ポケット論語』や『ポケット老子』など、「ポケット」を冠した古典の書物が数多く出版されていました。当時の日本人は、そうした書物を携帯し、寸暇を惜しんで自己修養に努めていたのでしょう。

本シリーズは、時代を超え、長く読み継がれてきた古典に、現代の人にも気軽に触れていただく機会を持ってほしい、という願いをこめて企画されました。古典を初めて手にされる方にも親しみやすい入門書となっています。

ぜひ本シリーズを通じて、古典の学びを人生や仕事に生かしていただければと願っています。

装幀・本文デザイン――秦 浩司

はしがき

万葉集は、日本最古の歌集です。その大半はほぼ七世紀の初めから八世紀の中頃までの間に詠《よ》まれた和歌で、四千五百余首にもおよび、全二十巻の万葉集が編纂されたのは、千二百年以上前の奈良時代後期のことでした。まだ文字というものが浸透しない頃からの和歌も数多く、人びとはたくさんの和歌を口伝えされてきたものと思われます。

万葉集の第一に素晴らしいところは、皇室や宮中の方々の和歌はもちろんですが、一般の民衆が作った素朴な和歌もあわせ、老若男女あらゆる階層の人びとの歌が集められ、国民的歌集ともいうべき壮大な合唱曲のような様相を呈《てい》しているところです。驚くことに乞食の歌まであるのですから。世界にこのような詩歌集は万葉集以外にはないのではないでしょうか。つまり日本は、人の真心《まごころ》を詠《うた》う和歌という価値については、人々の垣根や身分差をのりこえて平等の世界を実現しようとした、文字通り

「和」を貴ぶ国であったともいえるでしょう。しかも全国各地にいたる広範囲の人々が和歌の基本である五七調を共有し、格調のある言葉にのせて歌を詠んでいたということは、当時の文化的レベルの高さを示すものと思われます。

そう考えると、万葉集は日本文化の宝だといえるでしょう。いや世界の至宝と言ってもいいかもしれません。そんな素晴らしい文化遺産を約千四百年の昔から形づくった私たちの祖先に、敬意の気持ちを抱かざるをえません。

古代の日本人は、言葉というものをとても大切に思っていました。言葉には魂が宿るとも感じていました。素晴らしいものにふれたとき、本当に心を動かされたとき、喜びにあふれたとき、あるいは悲しみにくれるとき、人々は心を言葉にたくし、それがやがて和歌となりました。それは祈りにも似たものでした。言葉にこもる霊的な力(宇宙の根源の気ともいえるでしょう)、それを人びとは「言霊《ことだま》」と呼びました。万葉集を代表し歌聖とも呼ばれる柿本人麻呂《かきのもとのひとまろ》は和歌にこう詠みました。

しきしまの大和《やまと》の国は言霊《ことだま》の佐《たす》くる国ぞま幸《さき》くありこそ

（「しきしまの」は大和の枕詞。転じて日本のこと。巻十三・三二五四）

この日本の国は言霊が助けてくれる国であるよ、どうぞ幸せをもたらしてくださいますように、という祈りの歌です。言霊によって人々は人生の幸いをいただいている。日本の国は言霊に満ちている。そんな喜びと願いを伝えています。

万葉集は、壮絶な時代を生きてきた人々の様々な思い、その真心《まごころ》が、歌を通して語られています。万葉集に至る以前から、そしてその後も、日本の人々は何千年にもわたって、ものに感動し、あわれむ心をつないできました。和歌や言葉によって紡《つむ》がれる人々の思いは、長い年月を超えて後世の人々に生きる力を与えてきました。私たちは和歌に親しむことによって、昔の人々の心を、また今を生きる人々の心を知ることができるのです。なんという幸せな国に私たちは生まれたことでしょうか。

古墳時代から飛鳥時代にかけて、中国大陸の漢字文化が日本に押し寄せたとき、私たちの祖先はこれを受け入れながらも、自分たちの文化をしっかりと守っていこうとしました。そして長い年月を経て二つの文化を見事に融合させていったのでしたが、その最初の試みが古事記や万葉集という伝統的な歴史的精神を遺す事業でした。

万葉集は、日本古代の人々が自分たちの言語、つまり大和言葉で詠《うた》っていた歌をそのまま漢字を用いて書き表したものです。しかし漢字を用いて記そうとしても、意味はどうにか伝えられるかもしれませんが、本当の思いは伝わりません。大和言葉にのせて始めて、人々の心を感じることができるのです。そのためには日本語としての音声を正しく伝えるために、漢字の音をこれに当てはめる必要がありました。そこで工夫されたのが音訓をまじえた表記であり、ことに万葉仮名の発明でした。この発明によって、古代の人々の言葉がそのまま現代に甦《よみが》える道が開かれたのです。なんという幸運でしょう。

しかし万葉集が国民の間に広く読まれるようになるためには、多くの先人の努力が必要でした。漢字のみで伝えられた万葉集を読みこなすのは大変な努力が必要です。

この壁を除いてくれたのが、ことに江戸時代の契沖《けいちゅう》、賀茂真淵《かものまぶち》、本居宣長《もとおりのりなが》、鹿持雅澄《かもちまさずみ》などの国文学者でした。彼らによる解読のための献身的な努力が実を結んで、わたしたちは万葉集の息吹に直接ふれることができるようになったのです。

これから、皆さんとともに万葉集を読んでまいりましょう。万葉集にはじまる和歌の歴史は日本文化の中心ともいえるものですから、その内容は膨大です。しかし現代になっても、依然として万葉集がもっとも燦然《さんぜん》として光をはなっているのは、何といっても人の心が素直で純粋であり、現実の人生を生きていく中での喜びも悲しみも、楽しみも苦しみも、全ての情感の根本が歌にこめられているからでありましょう。

かつまたその魅力は、万葉集のもつ大和言葉の調べの美しさ、豊かさにあります。一首の歌がひとつの音楽のように心に響いてくるのです。島木赤彦という歌人が「事象に息を吹き入れるものは声調である」と述べているように、歌の調べを声に出して読みあげるとき、歌はますますその命を耀《かがや》かせるのです。歌の意味は少々理解できなくとも、その調べに心が動かされるのです。ですから、この本を手にされる方は、ぜひとも声に出して、あるいは心の中で口ずさんで、歌を読んでいただきたいのです。それもくり返し読むほどに、味わいは深くなります。このようにして読み味わうと、万葉集という歌集が、壮大で堂々とした歌から、美しく繊細な歌まで、さまざまな姿を見せ、そこかしこに様々な草花が咲き匂っていることに気づいていただけると思います。

万葉集二十巻の編集には、大伴家持《おおとものやかもち》をはじめとしてさまざまな人が携わったと考えられています。しかしその内容があまりにも膨大で、かつ当時において古い時代から新しいものまでであり、編成作業はきわめて困難であったことと思われます。このたび本書を執筆するに当たっても、どのような編成で伝えればよいか工夫しましたが、万葉集の章立てを基本にしながらも、和歌の特徴ごとに新たな分類をこころみて解説することといたしました。自然を詠んだ歌、さまざまな儀礼や歴史的体験などを詠み込んだ「雑歌《ぞうか》」（万葉集初期の中心をなす）、恋愛を中心に人と親しむ「相聞《そうもん》」の歌、亡くなった人を偲ぶ「挽歌《ばんか》」、旅や別れの歌、東国の民や防人《さきもり》の歌、筑紫歌壇の歌など

に章立てを行いましたが、明確に分類されるわけではなく重複するところもあること
をご了承ください。

本書は、「令和」の御代《みよ》を迎えたその年の初めに刊行が企画されましたが、偶然とはいえ、新しい元号が万葉集の言辞から選ばれました。元号の歴史のなかで、漢籍(中国の書物)からではなく、初めて国書から選ばれたのは画期的なことでした。しかも万葉集という国民の歌集から元号が生まれたのは、私としてはこの上なく嬉しいことでした。ここに万葉集を親しみやすい形として、令和時代のポケット版としてお届けできることを、喜びとしたいと思います。

凡例

＊各和歌の末尾に、万葉集の巻番号（一～二十）および国歌大観による通し番号を示した。
＊和歌のなかの漢字表記は、解説書によって様々であるので、本書においても限定した原典に拠ってはいない。
＊和歌の漢字につけたルビは、正（歴史的）仮名遣いを用いて表した。
＊和歌を記載する上において、歌の律動を味わい、かつ読みやすく意味を明らかにするため、短歌の五七五七七の各句の間に適宜半角スペースを挿入した。とくに長歌では、句ごとにスペースを挿入した。

第一章

自然の歌、四季の歌

万葉集の時代の人々は、自然のなかで自然とともに生きる日々を送っていました。自然は人々に多くの恵みと感動を与えます。しかしまた自然はときに畏怖《いふ》の対象ともなります。人々はそこに、人間を超えたおおいなる命を感じていました。それを人は時に神と呼びました。森や草木や花や生き物、山や川、空を行く雲、それらを全て慈しみ育てる太陽の光など、あらゆる自然のなかに人々は神々を感じ、畏敬の念を育てていきました。そしてその感動を、言葉の調べにのせて、歌い上げていったのです。日本の自然には、四季の彩《いろど》りがあります。その彩りによって人々はこまやかな情操を養ってきました。そのいとなみがはるかな時空のなかで深みを増し、日本の文化に豊かさを与え続け、暮らしのなかのさまざまなところで花開かせてきたのです。和歌もその一つの形です。

ではまず第一章として、万葉集のなかから自然、ことに四季を詠《よ》んだ和歌を鑑賞していきましょう。

春の部

初めに自然の四季の和歌のうち、春を詠《うた》った和歌を鑑賞しましょう。万葉集の第八巻は、春夏秋冬の部に分けて編まれていますが、その巻頭にあるのが次の歌です。大化の改新を成し遂げられた天智《てんじ》天皇の第七皇子、志貴皇子《しきのみこ》の「懽《よろこび》の御歌《みうた》」です。

石走《いはばし》る垂水《たるみ》の上の早蕨《さわらび》の萌《も》えいづる春になりにけるかも

志貴皇子

八・一四一八

春の到来をよろこぶ、万葉集を代表する和歌です。「石走る」は「垂水」にかかる枕詞《まくらことば》です。枕詞とは、ある特定の語の前に置かれた詞《ことば》でその語を修飾し、歌の調べを整え、情趣を添える働きがあります。万葉集には数多くの枕詞があり、通常五音一句からなっています。

「垂水」とは流れ落ちる水をさし、この歌では山間《やまあい》の早瀬の小さな滝が想像されます。「石走る」という枕詞からは、澄みわたる早瀬の水が川石の間や、その上を覆いながら勢いよく流れていくさまが目にうかびます。春になって雪解け水を含んだ豊かな水が流れ落ちていく。川のほとりには、若々しい蕨が色をたたえて萌え出ている。ああ、そんな春になったことだなあと、新しい生命の芽吹きをことほぎ、歓《よろこ》びにみちた春の気を伝える名歌でありましょう。

「垂水の上の早蕨の」と「の」が珠《たま》の緒のように言葉をつなぎ、最後は「なりにけるかも」と朗々と広がるおおらかな調べで結ばれています。「萌えいづる春に」と八語にふくらんでいるのも、春のよろこびがあふれる感じをもたらしています。全体がまるで流れゆく音楽の調べのよう。声に出して味わっていただきたい歌です。

続いて同じく巻八の春の歌を見ていきましょう。

打ち靡《なび》く春来たるらし　山の際《ま》の遠き木末《こぬれ》の咲きゆく見れば

尾張連《おわりのむらじ》

八・一四二二

「うちなびく」は、春になると茂《しげ》った草木が風になびくことから、「春」の枕詞。この歌の詠まれたときにも、春の風が草木にそよいでいたのでしょう。「ああ、春がやってきたようだな。山ぎわの重なりの遠い木々のこずえに花が咲いていくのを眺めていると」、という歌ですが、最初の五七の句とあとの五七七の句との順序を逆さ（倒置）にして詠んでいます。つまり、まず春の来た喜びを率直に力強く歌い上げ、遠くの木々の花咲くさまをしみじみと眺めわたしていることがうかがえます。花はほんのり色づく山桜だったのでしょうか。「咲きゆく」という言葉から、花が色づきながら開いてゆく時の経過も感じられます。

春の野にすみれ摘《つ》みにとこし我ぞ　野をなつかしみ一夜《ひとよ》ねにける

山部赤人《やまべのあかひと》

八・一四二四

山部赤人は万葉集の中期を代表する歌人の一人で、ことに自然詠にすぐれた和歌を多く残しています。待ちに待った春、野原にはすみれが美しく咲いている。その「すみれを摘もうと思ってやってきた自分だったけれど、野原に心がひかれてなつかしいものだから、とうとうそこで一夜をすごして寝てしまったことよ」。すみれの花に包まれて、朝、目を覚ました赤人は、幸せであったことでしょう。江戸時代の越後の和尚《おしょう》である良寛《りょうかん》さんが、子どもたちと遊んでいてすみれの咲く野原に寝てしまった話も思い出されます。日本人の心のふるさとのような歌です。

次もまた巻八に収められた山部赤人の作です。

恋しけば形見《かたみ》にせむと 我が屋戸《やど》に植ゑし藤波《ふじなみ》 今咲きにけり

八・一四七一

「恋しくなったなら、形見として思い出してほしいとわが家の庭にあなたが植えた藤の花房、今その花が咲きましたよ」。待っていた藤の開花によせて、亡き人を偲《しの》ぶ愛情が、しみじみと胸にひびきます。「藤波」とは、藤の垂れた花房《はなぶさ》が波のように風にゆれる様を表していますが、これも美しい大和《やまと》言葉です。過去への懐かしい追憶があって、「今」という言葉が生きています。

かはづ鳴く神奈備川《かむなびがわ》に影《かげ》見えて 今や咲くらむ 山吹《やまぶき》の花

厚見王《あつみのおおきみ》

八・一四三五

「かはづ」は蛙《かえる》の仲間ですが、ここではカジカガエルでありましょう。五月頃になると渓流などでその雄《おす》がすみきった高い声で鳴きます。神奈備川は、神々が降りてこられるような神聖な川です。山吹は群生しながら、晩春になると明るい黄金色の花をたくさん咲かせます。「河鹿《かじか》の高くすみ渡る声がひびく神奈備川に影を映しながら、山吹の花が今を盛りと咲いていることだろうよ」。清らかで美しい歌ですが、「今や咲くらむ」の言葉に、はずむような期待感がこめられています。結句を名詞で止めているために、山吹の黄色の花の姿が残像のように目に浮かんできます。

時は今　春になりぬと　み雪降る遠山《とほやま》の辺《へ》に霞《かすみ》たなびく

中臣朝臣武良自《なかとみのあそみむらじ》

八・一四三九

「そのときは今、ついに春になったと、真っ白な雪が降っている遠くの山裾のあたりに霞がたなびいていることよ」の意。「時は今」という始まりの清新《せいしん》な言葉に、春の到来にわくわくするような作者の喜びが伝わってきますが、万葉集の時代にすでにこのような表現がなされたことに大きな驚きをおぼえます。雪の残る山の裾野《すその》にかかる霞という春の美をとらえた古人の感性は、後の世代に伝えられていきました。

春雨《はるさめ》のしくしく降《ふ》るに高円《たかまと》の山の桜はいかにかあるらむ

河邊朝臣東人《かわへのあそみあずまひと》

八・一四四〇

「春雨がずっと降り続いている。こんなに降るとせっかく咲いた高円の山の桜はどうしていることだろう。散ってしまいはしないだろうか」、と案じている歌です。「しくしく」は雨がしきりに降り続くさまを表しますが、万葉の時代の人々はすでにこのような繰り返しの擬態語を使っていたとは興味深いことです。桜は日本固有の木。その花が美しく、か弱いのは昔も今も変わらず、昔の人も同じように桜の花をいとおしんでいたのです。高円山は、奈良盆地の北方の小高い山で中腹には聖武《しょうむ》天皇の宮もあり、人々から親しまれていました。

闇《やみ》ならばうべも来まさじ　梅の花咲ける月夜《つくよ》に出《い》でまさじとや

紀郎女《きのいらつめ》

八・一四五二

「闇の夜なら、あなたがお出《い》でにならないのももっともです。だけど梅の花が咲いて、月の美しい今宵《こよい》、こんなときにもお出でくださらないのでしょうか」の意。梅は当時では大陸から渡ってきた珍しい花。月夜に照らされる梅の花に寄せて、逢いに来てくれない相手に願いをこめる紀郎女の、辛《つら》くもいじらしい心が詠まれています。「うべ」はものの道理、「まさじ」には敬語が使われています。

鹿背《かせ》の山 木立《こだち》を繁《しげ》み朝さらず 来鳴《きな》きとよもす 鶯《うぐいす》の声

田辺福麿《たなべのふくまろ》

六・一〇五七

田辺福麿は天平《てんぴょう》時代の歌人で、歌集も残されています。山背《やましろ》の国の鹿背の山（京都府木津川付近）の山あいに新しく造られた宮殿を称《たた》えた長歌、「久迩《くじ》の新京を讃《ほ》むる歌」の反歌の一つです。「鹿背の山の木立がうっそうと茂っているので、朝がやってくる毎《ごと》に、この山に来て鳴りひびかせている鶯の声よ」。しっかりした観察眼からかもしだされる重厚な調べの歌で、この味わいは万葉集独特のものでしょう。

○

続いて大伴家持《おおとものやかもち》の春の歌から代表的なものを選びました。大伴家持は万葉集編纂の中心となった人物であり、万葉集後期を代表する歌人で、四百七十三首もの収録歌があります。先祖代々宮廷を守る武人を継承した家系に生まれ、本書でもたびたび登場いたします。ここでは天平十八年（七四六）、二十八歳の頃に越中《えっちゅう》国守（現在の富山付近の国府の長官）として約六年間赴任した時代の歌から紹介します。

春の苑《その》紅《くれなゐ》にほふ桃の花した照《て》る道に出で立つ乙女《をとめ》

大伴家持《おおとものやかもち》

十九・四一三九

「三月一日の暮《ゆうべ》、春の苑の桃李《ももすもも》の花を眺めて」との詞書《ことばがき》（和歌の題や背景を示す）がある有名な歌です。作者の目は、春の苑という広いところから、紅色に美しく匂う桃の花に移り、最後に桃李の下の照りかがよう道に出て立つ若き乙女の、あでやかな姿で結ばれます。乙女は、天平時代特有の裾《すそ》の広がった玉裳《たまも》を着ていたのでしょうか。この乙女はあるいは家持が想像した夢かもしれません。初句、三句、結句をそれぞれ

「苑」「花」「乙女」と歌のポイントとなる名詞を用いて止めており、ほかにはない特有の響きと余韻《よいん》をもたらしています。桃李という言葉に象徴されるように、全体に大陸、唐の都を思わせる風情がありますが、それを全て大和《やまと》言葉の歌として詠んでいるところに、家持の新たな日本文化形成の意思を感じる、画期的な歌だと思われます。

物部《もののふ》の八十《やそ》乙女《をとめ》らが汲《く》みまがふ 寺井《てらゐ》のうへの堅香子《かたかご》の花

十九・四一四三

同時期の家持《やかもち》の歌です。「もののふの」は「八十」の枕詞で、「八十」はたくさんのものを表す言葉です。「まがふ」は入り乱れているさま。「たくさんの乙女たちが入れ代わり立ち代わりやってきては、お寺の井戸（泉）の水を汲んでいる。そのほとりには堅香子の花が群れ咲いているよ」と、春の喜びを感じる歌です。若々しい乙女たちがなごやかに語りつつ水を汲み、そのこぼれた水が堅香子、つまり「かたくり」の小さな紫色の花の群れを潤している様が、美しい名画のように目に浮かびます。

家持は越中の赴任を終えて都に帰りますが、待っていた運命は家持と大伴《おおとも》一族にとって厳しいものでした。その孤独感のなかから、「春愁三首」として有名な歌が生まれました。天平 勝宝《てんぴょうしょうほう》五年（七五三）二月二十三日との日付があります。

春の野に霞《かすみ》たなびきうら悲し この夕かげに 鶯《うぐいす》鳴くも

十九・四二九〇

我が屋戸《やど》のいささ群竹《むらたけ》ふく風の音のかそけきこの夕《ゆう》べかも

十九・四二九一

うらうらに照《て》れる春日《はるび》にひばりあがり 心悲しも 独《ひと》りし思へば

十九・四二九二

一首目、「うら」は胸のうちの心、「かげ」は光のことです。「春の野に霞がたなびいている、しばらく眺めていると（春のよろこびとは裏はらに）心が悲しくなってくる。ああ、夕暮れの光のなかで、どこからともなく鶯が鳴いていることよ」。

三句で一度途切れる一首二文となっており、家持のため息が聞こえるようです。

二首目、「いささ」はいささかと同じでしょう。「私の家のささやかな竹の群れに風がふきわたって、笹の葉がさらさらと鳴っている。その細やかなかすかな葉ずれの音がひびく、そんな今日の夕暮れ時であるなぁ」。繰り返すサ行の音声が寂しさを強めています。

三首目は、前二首の二日あとに詠まれました。「うらうらと、のどかな日の照っている春の日に、雲雀《ひばり》が空高くあがってさえずっているけれど、その声を聞いていると心が悲しくなってくる。独りで静かに物思いにふけっていると」、という愁《うれ》いにみちた響きをもった歌です。「独りし」の「し」は強調の言葉で、独りであることをしみじみと感じているのです。これら三首とも「も」「かも」「も」という感嘆語で結ばれており、そこにも内面の重々しさが感じられます。

この三首には、詞書《ことばがき》が添えられ、春の日がゆっくりと傾いてひばりがしきりに鳴いているとき、和歌を詠む以外にこの鬱屈《うっくつ》した心を晴らす方法はないと記しています。万葉集初期の頃の春の歌には生命力や喜びあふれるものが多いのですが、家持の歌ではうら悲しい幽《かす》かな心、孤独の心のひだが繊細に、また時に強く詠まれており、作者自身の内面を映し出すとともに、当時の人々の意識の変遷《へんせん》も窺《うかが》われます。そのような感性が、次の平安時代の和歌につながっていきます。

◯

万葉集には作者が詳《つまび》らかでない歌がおよそ半分をしめています。おそらくは宮中に仕える名もない方々の作が多いと思われますが、一般庶民の歌や地方に伝わる民謡風のものもあります。そのような作者不詳の四季の歌を集めた巻十にも、春を詠った素晴らしい和歌が連なっています。

ひさかたの天《あめ》の香具山《かぐやま》このゆふべ 霞たなびく 春立つらしも

十・一八一二

柿本人麻呂《かきのもとのひとまろ》歌集に載せられた歌です。この歌集は、万葉集を代表する宮廷歌人、柿本人麻呂につながる人々の歌を集めたもので、七世紀後期の作を中心に約三百七十首が含まれています。この歌もその悠然とした調べから、人麻呂自身の作かと思われます。「ひさかたの」は天や空、光などにかかる枕詞。香具山は大和盆地にそびえる三山の一つで、神話以来、神聖とされてきた山であることより「天の香具山」と呼ばれました。「貴い天の香具山を望むと、この夕べの景色のなかで霞がたなびいている。ああ春がやってきたようだ」、と温かな春の気を感じるように朗々と詠《うた》われています。

冬こもり春さり来らし　あしひきの山にも野にも　鶯《うぐいす》鳴くも

十・一八二四

うちなびく春さりくれば　小竹《しの》の末《うれ》に尾羽《をは》うちふりて鶯鳴くも

十・一八三〇

鶯を詠んだ歌二首をならべてみました。これも作者不詳ですが、ともに春が来て鶯の鳴く姿を詠っています。一首目の「冬こもり」は春の枕詞ですが、冬のあいだ家にこもっていたものが、春の暖かさに外に出る喜びを感じます。「あしひきの」は山にかかる枕詞ですから、二つの枕詞によって調べを豊かに調《ととの》えていることがわかります。「春がやってきたようだな、山にも野にも鶯が鳴いているよ」。鶯の澄みとおるようなホーホケキョの声が、春の空に広々と響くようです。

二首目、「うちなびく」は春の枕詞。「草も風になびくような春がやってきたので、小竹の末にとまった鶯が尾羽をうちふりながら、鳴いていることよ」。「尾羽うちふりて」という作者の適切な観察眼、その歯切れのよい表現によって、春の到来を喜ぶ鶯の生き生きとした動きまでも目に見えるようです。

浅緑《あさみどり》染《そ》め懸《か》けたりと見るまでに 春の柳《やなぎ》は萌《も》えにけるかも

十・一八四七

春になると万物が生成します。柳には新緑の若葉が萌えはじめます。その姿を見て、浅緑色に染めて木に掛けたように見えるほど、春の柳の木々いっぱいに若い葉が萌え出ていることよ、と感動しているのです。葉をいっぱいにつけたしだれ柳が風に揺れるさまは、たしかに木の枝に掛かる衣のようです。そのさまを、「浅緑染め懸けたり」、浅い緑の色で染めた衣を掛けたと表しているその想像力に、古代人の驚くべきみずみずしい感性を感じます。

春日野《かすがの》に煙《けぶり》立つ見ゆ　娘子《をとめ》らし春野《はるの》のうはぎ摘《つ》みて煮《に》らしも

十・一八七九

「うはぎ」はよめ菜《な》のことで、野菊の一種。春には、その若芽を摘んで食していました。春日は現在の奈良市付近の地。「春日の野に煙の立っているのが見えるなぁ。乙女たちが春の野に出て、よめ菜を摘んでは煮ているのであろうよ」、という素朴な歌ですが、いかにも春らしくゆったりとして明るく、春の若芽を摘む乙女たちの和《なご》やかな様も見えるようです。

冬こもり春咲く花を手折《たお》り持ち　千《ち》たびの限り恋ひ渡るかも

十・一八九一

「冬こもり」は春の枕詞。冬が過ぎてようやく迎えた春に咲く花、それはどんな花だったのでしょうか。野に咲く花か、あるいは桜の小枝か。その花を手で折り、いとしい娘さんにあげたいと持っていこうとして、「千たびの限り」ですから、千回にも及ぶほど、かぎりなくあなたのことをずっと恋し続けるのです、という激しい思いを、飾り気なく率直に吐露《とろ》しています。

夏の部

春過ぎて夏来《きた》るらし 白妙《しろたえ》の衣《ころも》ほしたり 天《あめ》の香具山《かぐやま》
持統天皇《じとう》
一・二八

持統天皇は、万葉集原文では「藤原宮《ふじわらのみや》に天下《あめのした》治め給ひし高天原《たかまのはら》 広野姫《ひろのひめ》 天皇《すめらみこと》」と書かれています。藤原宮にいらして天下をお治めになった天皇であることを示していますが、天皇は古来「すめらみこと」と呼ばれました。「すめら」は「統《す》べる」の変形でしょう。香具山は大和盆地の三山の一つとして親しまれていますが、「天の香具山」と呼ばれるように、神話にある天上の高天原にあった山が地上に降りたと伝えられています。興味あることに、持統天皇の呼び名は高天原広野姫であり、天の香具山には特別な感情を抱いておられたのでしょう。なお持統天皇は天武天皇の御后《おきさき》であり、天武天皇崩御《ほうぎょ》の後に女帝として皇位をお継ぎになりました。

御歌は、平明で堂々たる調べにあふれ、夏の日差しを歌からも感じるほどです。「春が過ぎて夏がきたようだ。真っ白な衣を干しているよ、あの神聖な天の香具山に」。人びとが衣を干すのは、夏の初めの風物詩でした。緑濃き香具山と真っ白な衣のコントラストが生き生きと目に映るようです。この歌の二句は「らし」、四句は「たり」と強い響きをもって二度終止しますが、最後は「天の香具山」と重厚な名詞止めで結んでいます。この迫力が、女性である天皇から発せられたということに驚かされます。しかし口語に訳すとこの迫力が伝わりません。やはり和歌は原文を声に出してはじめて律動が生き生きと甦り、その良さが伝わります。

この御歌は小倉百人一首にも取り上げられて有名ですが、「春過ぎて夏来にけらし白妙の衣ほすてふ 天の香具山」と改変されており、「来にけらし」という言葉は「来るらし」に比べて調子が弱く、また「ほしたり」という直接体験ではなく「ほすてふ」という伝聞の接続詞が使われています。時代が下ると、経験や感情をまっすぐに詠んでいる万葉集に比べて、調べが柔らかに整ってはいるものの、粉飾《ふんしょく》された弱い表現に置き換わっていくのが分かります。

隠《こも》りのみ居《を》れば鬱悒《いぶせ》み なぐさむと出で立ち聞けば来《き》鳴く日晩《ひぐらし》

大伴家持《おおとものやかもち》

八・一四七九

家持の若い時代の歌と思われますが、すでに後年の悲傷《ひしょう》の心が芽生えています。「家にこもってばかりいると心が閉ざされていく。その心を慰めようと思って外に出て立ち止まって聞いていると、近くの林に来て鳴いているよ、蜩《ひぐらし》の声」。夕暮れ時にカナカナカナと鳴く蜩の声には、哀れを催《もよお》す響きがあります。失恋に沈んでいたのだろうか、「いぶせみなぐさむ」という心の憂さを蟬の声は慰めてくれたのか。むしろいよいよ悲しみがますような歌です。

夏の野の茂みに咲ける姫百合《ひめゆり》の知らえぬ恋は苦しきものを

大伴坂上郎女《おおとものさかのうえのいらつめ》

八・一五〇〇

上《かみ》の三句までは、次の「知らえぬ」を導く言葉で、比喩《ひゆ》の序詞《じょことば》とも呼ばれます。「夏の野原の茂みに咲く姫百合の花、そのようにひっそりと知られることもなく、恋をしているのは苦しいものです」と、好きなのに感情を表に出せない女性の心を詠んでいます。大伴坂上郎女は大伴家持《おおとものやかもち》の義理の叔母《おば》にあたり、優雅な美しい恋歌が特徴ですが、この歌でも、ひっそりと野に咲く姫百合の花に自分をたぐえているところ、まことに女性らしい感性の豊かさが感じられます。

風に散る花橘《はなたちばな》を袖《そで》に受けて君が御跡《みあと》と偲《しの》ひつるかも

十・一九六六

作者不詳の歌ですが、とても優雅な女性の薫りがします。「君が御跡」は、あなたの思い出のしるしということでしょう。「風に散っていく橘の花びらが自分の着物の袖にかかっている、その花びらをあなたとともに過ごしたときの大切な思い出として、遠くからお慕《した》いしています」。言葉の一つ一つがなんと美しく品位に満ちていることか。散りゆく花びらのように、流れるような調べが魅力的です。

○

夏の歌として、圧倒的に多い題材がホトトギスで、全部で百五十三首もあります。これだけ多く詠まれているのも、初夏の山々をめぐって悲しげに鳴く澄み切った声とその激しさにあるでしょう。「啼《な》いて血を吐《は》くホトトギス」とも呼ばれますが、明治の文豪でこよなく万葉集を愛した正岡子規《まさおかしき》は、自ら結核に罹《かか》り、まさに血を吐きながら歌や俳句を詠んだのでした。子規という号は、ホトトギスのことです。以下、万葉集の多くのなかから代表的な歌を選んでみました。

古《いにしへ》に恋ふる鳥かも　ゆづるはの御井《みい》の上より鳴き渡りゆく

弓削皇子《ゆげのみこ》

二・一一一

弓削皇子は天武《てんむ》天皇の第九皇子ですが、持統天皇が吉野の宮に行幸《ぎょうこう》された折に従い、都に居る額田王《ぬかたのおおきみ》に贈られた歌です。額田王はかつて、皇子の父君である天武天皇に寵愛《ちょうあい》された女性で、宮中に仕えていました。著名な歌人でこれからもたびたび登場しますが、当時はすでに年老いて、都で昔をしのびながら寂しくしていたのでしょう。

歌は「過ぎ去った昔を恋しく振り返っている鳥なのであろうか、吉野の宮に近い弓弦葉《ゆづるは》の樹のほとりの神聖な泉の上を過ぎて、鳴きながら渡って飛んでいくよ」の意。緑に囲まれた静寂《せいじゃく》な泉の上を、高く鳴きながら渡っていく鳥、それはおそらくホトトギスであったでしょう。その声を聞き、姿を見ながら、皇子の思いは自然にこの吉野におられた亡き御父に向けられたことと思われます。吉野山に住む鳥をとおして感じるその深い哀惜《あいせき》の念が、「古に恋ふる鳥かも」という簡潔にして荘重《そうちょう》な調べを生みました。この御歌を贈られた額田王は、次の歌を詠《よ》んで応《こた》えました。

古《いにしへ》に恋ふらむ鳥はほととぎす けだしや鳴きし 我が思《も》へるごと

二・一一二

「過ぎ去った昔のことを恋うて鳴いたというその鳥、それはホトトギスでしょう。きっと鳴いたのではないでしょうか、私がその昔を思い出すように、繰り返し高い声で、心は空を飛びながら……」。額田王は、まだ若い弓削皇子《ゆげのみこ》が、吉野での古《いにしえ》を懐かしんでいる心をともにしながら、今はなき天武《てんむ》天皇をひしと思い出していたことでしょう。このように、問えば答える、そして二人の心が共鳴する、それも和歌の魅力です。「和」には「こたえる」という意味もあるのです。

神奈備《かむなび》の伊波瀬《いはせ》の杜《もり》の喚子鳥《よぶことり》いたくな鳴きそ 吾《わ》が恋まさる

鏡王女《かがみのおおきみ》

八・一四一九

鏡王女は前出の額田王《ぬかたのおほきみ》の姉に当たる方で、のちに藤原鎌足《かまたり》の妻となりました。歌は、「神々の霊が宿るというこの伊波瀬（現在の奈良県生駒《いこま》南部であろう）の杜で鳴いている喚子鳥よ。そんなにひどく鳴かないでほしい。私の恋心がますますつのるではありませんか」、の意。喚子鳥はカッコウあるいはホトトギスのことと思われます。「な・・そ」は「・・しないでほしい」と禁じる言葉。喚子鳥もまた、恋する相手を求めて鳴きしきっているのでしょうか。「吾が恋まさる」と結句に放つ簡明な言葉に、古代の女性のひたむきな心が偲ばれます。

夏山の木末《こぬれ》の繁《しじ》に霍公鳥《ほととぎす》鳴き響《とよ》むなる声の遥けさ

大伴家持《おおとものやかもち》

八・一四九四

「繁」は木の葉が繁っていること。大意は、「夏の山の梢が繁っている木立の中で、ほととぎすが盛んに鳴いて響き渡らせている、その声が遥かに聞こえてくることよ」

ということ。何と言ってもこの歌の生命は、結句の「声の遥けさ」にあるでしょう。葉の繁った梢で高鳴くほととぎすの声が、夏の山の空まで遥かに響き渡る、その時間的、空間的な広がりが、ことさらに心に残ります。悠然とした歌の調べを、ぜひ声に出して味わっていただきたいと思います。

かき霧《き》らし雨の降る夜《よ》を霍公鳥《ほととぎす》鳴きてゆくなり　あはれその鳥

高橋虫麿《たかはしのむしまろ》

九・一七五六

高橋虫麿は天平時代を中心に活躍した歌人で、東国などへの旅の歌、物語を題材とした歌などが代表的ですが、長歌が多く万葉集のなかでも特異な存在です。この歌も「霍公鳥を詠む歌」と題した長歌に続く反歌ですが、長歌では、ホトトギスが鶯の巣のなかに運ばれて鶯の卵にまじって独り生まれ、父母と別れてすごす一生の生態を、同情をこめて詠っています。この反歌も、ホトトギスの悲しみをともにしたもので、「雲霧がたちこめて雨の降る夜に、ホトトギスが鳴いて渡っていく。ああ、あわれなその鳥であることよ」、との意です。鳥は、別れた父母を求めて鳴くのでしょうか。ホトトギスは晴れの日も雨の日も、朝も夜も鳴き続けて飛んでいくのです。

大和《やまと》には鳴きてか来《く》らむ霍公鳥《ほととぎす》汝《な》が鳴くごとに亡《な》き人思ほゆ

十・一九五六

作者不詳の歌です。「来《く》」は「行く」の意味で使われており、「大和の方には鳴いて渡っていったのだろうか、あのホトトギスは。お前が鳴くたびに、亡き人が思われてくるよ」と、叫ぶように悲しそうに鳴くホトトギスの声に和して詠っています。亡き人は、おそらく大和に住んでいた親しい人だったのでしょう。

卯《う》の花の咲き散る岡よ霍公鳥《ほととぎす》 鳴きてさ渡る 君は聞きつや

十・一九七六

聞きつやと君が問はせる霍公鳥《ほととぎす》 しぬぬに濡《ぬ》れてこよ鳴き渡る

十・一九七七

一人が問い、一人が答える問答の歌ですが、この二人、最初が女性であとが男性でしょうか。「卯の花が咲いて散っているこの岡から、ホトトギスが鳴きながら空を渡っていきました。あなたはお聞きになりましたか」と問うたのに対し、「聞きましたかとあなたが問いかけたホトトギスの声、しっとりと雨に濡《ぬ》れて今夜鳴いて渡っていきましたよ」と答えています。和歌をとおして、お互いに同じものに心を寄せ合い、詠み交わす。何と喜びに満ちたやりとりでありましょう。卯の花はホトトギスが好む花なのでしょう。唱歌「夏は来ぬ」にも「卯の花のにおう垣根に、ほととぎす早も来鳴きて」とあります。その「卯の花が咲き散る岡」というなんとも言えない美しい表現に、心を打たれます。一首目は四句でいったん結んで、「君は聞きつや」とさらにあらためて問いかける。その声までが聞こえてきそうな親しみのある歌です。

二首目、「しぬぬに濡れて」とありますので、しばらくの時を経て、雨が降るなかを羽をぬらしながらホトトギスは飛んできたと思われます。こうしてホトトギスの鳴く声に耳をかたむけることで、二人の心が結ばれます。和歌の伝統は、今日までこの「和」を大切にしてきました。

秋の部

夕されば小倉《をぐら》の山に鳴く鹿は 今宵《こよひ》は鳴かず 寝《い》ねにけらしも

舒明《じょめい》天皇

八・一五一一

推古《すいこ》天皇の後を継がれた、第三十四代舒明《じょめい》天皇の御製（天皇が詠まれた御歌）と伝えられ、古来、称《たた》えられた名歌です。小倉山とは崗本《おかもと》の宮があった大和地方南方の山でしょうか。「夕方になると、小倉山でいつもは鳴いている鹿が、今夜は鳴いていない。ああ、もう寝てしまったのであろうよ」。作者の心は小倉山の奥に住む鹿に向けられ、第四句までにその情景を画《えが》いたあといったん休止、結句は「いねにけらしも」という悠然とした調べで堂々と結ばれています。牡鹿は、妻を求めてあの澄み切った声で鳴くといわれています。妻を得て、鹿は安堵して眠っているのであろうか。鹿は天皇の御心《みこころ》のうちに包まれ、暮れてゆく秋の夜の、しんしんとした静けさが深い感動を呼びます。

巨勢山《こせやま》のつらつら椿《つばき》 つらつらに見つつ思《しの》はな 巨勢の春野《はるの》を

坂門人足《さかとのひとたり》

一・五四

「大宝元年《たいほうがんねん》（七〇一）の秋九月に、太上天皇《おおきすめらみこと》の紀伊国《きのくに》に幸《いでま》しし時の歌」という詞書《ことばがき》がついた和歌です。太上《だいじょう》天皇はここでは持統《じとう》天皇。紀伊国に行幸の折、一行は大和の国の巨勢という場所を通りましたが、そこは椿の名所でした。「つらつら椿」はずっと連なっている椿のことですが、このときは秋で、緑なす椿の木々が並び立っていたと思われます。「つらつらに見」とは、じっくりとよく眺めているさまを表していますが、二つの「つらつら」を連ね、巨勢を上下で二度繰り返し、リズムよく表しているところに、この歌の魅力があります。「巨勢山のつらつら椿を、つらつらと眺めながら偲ぼうよ、巨勢の春の野の景色を」。春になればこのつらつら椿は見事な赤い花を咲かせるのでありましょう。

秋萩《あきはぎ》の散りの乱《まが》ひに呼び立てて　鳴くなる鹿の声の遥《はる》けさ

湯原王《ゆはらのおおきみ》

八・一五五〇

夕月夜《ゆうづくよ》心もしぬに 白露の置くこの庭にこほろぎ鳴くも

八・一五五二

湯原王は、春の歌の冒頭に紹介した志貴皇子《しきのみこ》のお子様で、父君に似た清新な歌をのこしています。ここに秋の歌二首を並べましたが、ともに秋の情景を詠むなかで、生きるものたちへの愛情がしみじみと伝わる名歌です。一首目、「秋も深まって萩の花が乱れ散るなかに、妻を求めて呼び立てて鳴くという鹿の声が、遥かに聞こえてくることよ」。言葉の一つ一つが充実し、ことに結句の「声の遥けさ」は、鹿の声が秋の自然全体のなかに溶け込んでいくような永遠の調べを感じさせます。

二首目、「夕月のあらわれるこの宵《よい》、心もしっとりと寂しくなっている折に、白露を置いたこの庭で、こおろぎが鳴いているなあ」の意。「夕月夜」という言葉は作者の造語でしょうか、何と美しい言葉でしょう。また「心もしぬに」という表現の細やかさ。しっとりするのは王の心とともに、夕暮れて白露の置く庭でもありましょう。

秋の夜、短い命しかないこおろぎの鳴く声は、しみじみと響きわたります。二首ともに、自然の情景をあるがままに詠んでいながら、作者の清澄《せいちょう》な心によって、おのずから人生を思う歌に深められています。

明日香川《あすかがわ》ゆき廻《た》む岡の秋萩は 今日降る雨に散りか過ぎなむ

八・一五五七

丹比真人黒人《たじひのまひとくろひと》という無名の人の歌です。明日香川の流れが湾曲《わんきょく》している岡に咲いた秋の萩の花、今日降っている雨に、散ってしまうのであろうか、という意です。川辺の岡の上で、雨にかすむ萩の紅い花の情景が目に浮かぶようであり、散りゆく萩の花への愛着の念がおのずと伝わってきます。萩は万葉集で最も多く詠まれている植物であり、百四十二首に登場します。

時雨《しぐれ》の雨間無《まな》くな降りそ　紅《くれない》ににほへる山の散らまく惜しも

八・一五九四

「仏の前にて唱《とな》ふ歌」の題で、皇后の主催で行われた仏教の講座のあとに、唐や高麗《こうらい》の音楽を奏《かな》で、多くの人たちが一緒に唄った歌詞であることが、この歌のあとに記されています。歌の意は、「時雨の雨が間もおかず降り続かないでください、紅葉に匂う山の木々の葉が散ってしまうのは、いかにも惜しいことですから」。「紅ににほへる山」と、紅葉の山の色合いを称えながら、紅葉が時雨の雨に散ってしまう悲しみを、大和言葉で美しく表現しています。景色を詠みながら、紅葉の命と、自分のはかない命とが呼び合うような歌。御仏《みほとけ》の前で、どんな演奏に、どんな節をつけて唄われたのか、興味が湧きます。

君待つと吾《あ》が恋ひをれば 我が屋戸《やと》の簾《すだれ》動かし 秋の風吹く

額田王《ぬかたのおおきみ》

八・一六〇六

風をだに恋ふるは羨《とも》し 風をだに来むとし待たば何か嘆《なげ》かむ

鏡女王《かがみのおおきみ》

八・一六〇七

一首目は「額田王の近江天皇《あふみのすめらみこと》を思《しぬ》ひてよみたまへる歌」との詞書があります。額田王は万葉集を代表する女性歌人で、斉明《さいめい》天皇（女帝）に仕える女官でしたが、斉明天皇の御子である天智《てんじ》天皇とその弟である大海人皇子《おおあまのみこ》の二人に愛されました。この歌は、近江《おうみ》天皇すなわち天智《てんじ》天皇を偲《しの》んで詠んだ有名な歌です。「あなたをお待ちして、私が恋しいと思い続けておりますと、私の家のすだれを動かして、秋の風が吹いていきます」、という歌。すだれの動きにはっとしたけれど、秋の風のみが渡っていく、ということかと思われますが、また風が吹くと慕っている人が訪ねてくる、という言い伝えへの期待感ともとれます。「すだれ動かし秋の風吹く」という簡潔な表現ですが、待ち焦がれていると、すだれの動きにも秋風を敏感に感じとる女性の心を示した秀歌でありましょう。

さてこの歌に触発されて、鏡女王が二首目の歌を詠みました。鏡女王は額田王の姉と想定され、鏡女王もまた天智天皇を慕っていたようです。「風を恋しく待つだけでも、あなたが羨《うらや》ましいことです、風だけでも吹いてくるのを待つことができるのなら、どうして歎《なげ》いたりしましょうか」。いつまでも訪ねる気配さえない天皇を恨み、妹を羨む気持ちが表れています。

さてこれからあとは、巻十より、あまたある秋の歌から選んで紹介しますが、これらは全て詠み人知らず（作者不詳）の歌です。

真葛原《まくずはら》なびく秋風吹くごとに 阿太《あだ》の大野の萩《はぎ》の花散る

十・二〇九六

歌は「葛の原をなびかせて秋風が吹き渡っていくごとに、阿太の広い野原に咲く萩の花が散っていることよ」の意。阿太は吉野地方の村。葛の広い葉をなびかせる秋の風に、細かな紅い萩の花が散る、という美しい情景ですが、「ふくごとに」という描写が的確で、秋風に揺れる萩、散ってゆく花が連動しています。しかも下二句は「の」の連続によって、生き生きとした律動が生まれました。

朝顔《あさがを》は朝露《あさつゆ》負《お》ひて咲くといへど 夕影《ゆふかげ》にこそ咲きまさりけり

十・二一〇四

「朝顔は朝露をいただいて咲くといいますね、だけど夕陽の光のなかでこそ、咲いた美しさはまさっているものですねぇ」ということでしょう。作者の感動の中心は下の二句、夕日に映える朝顔の花の美しさです。言葉にとらわれない新たな発見によろこぶ作者の心が偲《しの》ばれますが、このような古人のほほえましい歌もあるのです。

恋しくは形見《かたみ》にせよとわが背子《せこ》が植ゑし秋萩花咲きにけり　十・二一一九

「恋しく思うときには、私の形見としてくださいと、私の大切なあなたが植えてくれた秋萩の花が、今こうして咲きましたよ」。形見は思い出の品。背子は夫、あるいは女性から見た恋人をさします。その夫は遠く別れ、もう亡くなってしまっているのかもしれません。遠くへ旅立った夫と、残された妻の哀しいまでの互いの愛情が、まっすぐに伝わってきます。秋萩の花に、夫の命が宿っているようです。

秋風に大和《やまと》へ越ゆる雁《かり》がねはいや遠ざかる 雲がくりつつ

十・二一二八

「秋風を翼に受けて大和の方へ越えていく雁の群れは、見る間にだんだんと遠ざかっていく、雲間に隠れながら」の意。大空を群れなして飛んでいく雁の姿を、実に的確に写しながら、雲のなかに去っていく雁への愛惜《あいせき》の情と、大和への懐かしさが胸にしむような歌です。作者は故郷である大和を離れて旅にあるのか、あるいは作者にとって大切な人が大和に住んでいるのでしょうか。

秋萩の枝もとををに露霜《つゆじも》置き 寒くも時はなりにけるかも

十・二一七〇

「露霜」は凍ってなかば霜となった露のこと。秋も深まり、萩の枝もたわわにたわませるほどに、露霜が重く降りて、時節はこんなにも寒くなってきたことだ、という感慨を詠んだ歌です。「枝もとををに」という、形容を表す巧みな表現がこんな昔にあったことに、驚きを覚えます。上の三句の充実した調べから、一転して「寒くも時はなりにけるかも」と大きく波打つように結んでいく。寒さが身にしみ、やがてくる冬を予感させる歌です。

○

さて、秋といえば月です。仲秋《ちゅうしゅう》の名月をはじめさまざまな月の形に心を寄せられて、多くの歌が生まれました。万葉集巻四や巻七などには月の歌が多く集められています。

天《あめ》の海に雲の波立ち 月の船 星の林に榜《こ》ぎ隠《かく》る見ゆ

七・一〇六八

柿本人麻呂歌集に収められ、人麻呂本人の歌であろうといわれています。「天空の海に雲の波が立ち、月の船が、きらめくたくさんの星の林に漕《こ》いでいきながらやがて隠れるのが見えることよ」。幻想的で、色とりどりの影絵を見るような歌です。空を海に、雲を波に、月を船に、そして星を林に見たて、月の船がゆっくり空を動いていく。暗く蒼《あお》い海をバックに、波は白、月の光、そしてきらめく星は金箔《きんぱく》の粉のよう。古代の人がこんな想像を抱《いだ》いたのかと驚きます。

春日山《かすがやま》おして照らせるこの月は妹《いも》が庭にも清《さや》けかるらし

七・一〇七四

「春日の山を広々と照らしているこの月は、妹の庭にも、清らかに照っていることだろう」、との意。ここで「妹」とは妻、あるいは男性からみた恋人を指します。妹と離れていても、月の清らかな光は二人に降り注いでいる、その嬉しさが感じられます。

月を見て、人を思う、それは今も昔と変わりはありません。ここには「人を恋する」とか「好きだ」とかの言葉はありませんが、月を詠みながら、その情愛がしっかりと感じられる。これが万葉集の歌の優れたところだと思います。なお、この歌の結句は「清《さや》けかりけり」とも訓《よ》めますが、その場合は、「春日山一帯を月が照らしている、その光は先ほど別れてきたばかりの妹の庭にもさやかに照っていたな」、という追想ともとれます。このように万葉集では訓解が一定しないことがしばしばあることも、知っていただきたいことです。

水底《みなそこ》の玉さへ清く見つべくも照《て》る月夜《つくよ》かも夜《よ》の更《ふ》けぬれば

七・一〇八二

「水の底に沈む玉石までも澄み切って見えるほど清らかに、照っている月夜であるなあ、夜が更けるほどに月は皓々《こうこう》と照って」、との意でしょう。しんしんと夜が更けるにつれて空気も冴え、あたりは静寂に包まれ、月夜の光が、清い水の底を照らす。静かな心のなかに、光が澄み透《とお》っていくような歌です。これも作者不詳の歌ですが、情景を無心に見てありのままに詠んでおり、作者の素直で清らかな心がそのまま歌の姿に反映しています。

さ夜中と夜はふけぬらし 雁《かり》が音《ね》の聞こゆる空に月渡るみゆ

九・一七〇一

柿本人麻呂《かきのもとのひとまろ》歌集にあり、弓削皇子《ゆげのみこ》に献《ささ》げる歌とあります。「夜が更けて真夜中になってしまったようだ。雁の声が聞こえてくる空に、月が渡っていくのが見える」と、情景をありのままに詠んだ平明で流麗《りゅうれい》な歌ですが、清く明るい月影のなかを渡っていく雁の声が高空より聞こえ、やがて去っていくような、寂しさをたたえています。月が渡るというのですから、作者は月の動きを眺めながら、もう真夜中になったのだろうと推測したのでしょう。

窓ごしに月おし照りてあしひきの嵐吹く夜《よ》は君をしぞ思《おも》ふ

十一・二六七九

詠み人知らずの歌です。「窓のなかまで月影がさしこんで照らし、山おろしの嵐が吹く夜は、あなたのことをひたすら思う」の意。「窓ごしに月おし照りて」と、月の光が昔の家の小さな窓をとおして部屋を照らしている情景を、わずか五七の句で的確に表現しています。「あしひきの」は山にかかる枕詞ですが、ここでは山そのものでしょう。結句は「君をしぞ思ふ」と、「しぞ」という言葉で強調し、さらに八字の字余りになっているところ、作者のあふれるような強い恋心が偲《しの》ばれます。

月読《つきよみ》の光に来《き》ませ　あしひきの山を隔《へだ》てて遠からなくに

湯原王《ゆはらのおおきみ》

四・六七〇

月読命《つきよみのみこと》は月に宿る神であり、月読といえば月そのものをさします。「今夜はいい月が出ていますよ、この月の光を頼りにお出でなさいな、山を隔てていても遠い道のりではないでしょうから」、という意でしょう。湯原王の歌となっていますので、湯原王が娘子に呼びかけたのかと思われますが、娘子が王を誘っている歌という説もあるようです。いずれにしても、美しい月夜の晩、山路をたどってお出でくださいと呼びかける心が、「きませ」という優しい言葉となって、歌の調べにやわらかな味わいをもたらしています。

夕闇《ゆうやみ》は路《みち》たづたづし月待ちて行かせ吾背子《わがせこ》その間《ま》にも見む

豊前《ぶぜん》の国の娘子大宅女《おとめおおやけめ》

四・七〇九

「夕闇に包まれると、道はたどたどしくなって歩くのも大変です。月が出るのを待って行ってくださいませんか、私の大切なあなたよ、その間にもこうしてお顔を見たいものです」、というういじらしい愛情がにじむ歌です。別れたくない思いが、二句で切れ、四句で切れ、語りかける言葉そのままに、歌の調べとなっています。地方の娘でも、こんなにも情愛深い歌を詠んでいたことに驚きます。

冬の部

葦辺《あしべ》ゆく鴨《かも》の羽《は》がひに霜降《ふ》りて寒き夕《ゆふべ》は大和し思ほゆ

志貴皇子《しきのみこ》

一・六四

志貴皇子が難波《なには》の宮への行幸の折に従って詠まれたときの歌で、古来、名歌とされてきました。「羽がひ」は羽と羽が重なりあったところ。「葦の茂った水辺をゆく鴨の羽の重なりに霜が降りて、寒さのきびしいこの夕方は、大和のことがしきりに思われることよ」。羽の重なりに霜が降りると見たのは、古代の人々の直感で、他にも同様の表現の歌があります。いかにも寒さがきびしく、鴨はしっかりと羽をたたんでいるのでしょう。日も落ちて寒さが身にしみるとき、故郷の大和にいる人々をしきりに思う作者の思いがせまります。一幅《いっぷく》の名画を見るような、寂寞《せきばく》身にしみる歌です。

わが里に大雪《おほゆき》降《ふ》れり 大原《おおはら》の古《ふ》りにし里に降らまくは後《のち》

天武《てんむ》天皇

二・一〇三

わが岡の龗神《おかみ》に言《い》ひて降らしめし雪のくだけし 其処《そこ》に散りけむ

藤原夫人《ふじわらのぶにん》

二・一〇四

一首目は天武天皇が妃である藤原夫人に賜《たまわ》った御製。「私の住む里に、大雪が降りましたよ、あなたの住む大原の古びた里に雪が降るのは、まだまだあとになりそうですね」、という意で、天皇は明日香《あすか》の浄御原《きよみはら》の宮殿におられ、藤原夫人は同じ明日香の大原にいたようですが、自分のところには大雪が降ったと自慢しながら、いたずらっぽく相手をからかうように歌を贈られた。これに藤原夫人は答えます。

二首目、「そうおっしゃいますが、私の住む岡の竜神様にお願いして、降らせるようにした雪がくだけて、あなたの里にもそのかけらが降ったのでしょうよ」と、相手の自慢を逆にからかいます。ユーモアあふれるやりとりの歌、お互いが親愛の情に微笑み合われたことでしょう。藤原夫人は藤原鎌足《ふじわらのかまたり》の娘、五百重娘《いおえのいらつめ》と呼ばれていました。

吾背子《わがせこ》と二人見ませばいくばくか この降る雪のうれしからまし

光明皇后《こうみょうこうごう》

八・一六五八

光明皇后は聖武《しょうむ》天皇の御后で、病《や》む人びとに手をさしのべられた慈愛深い方として、敬意をもって歴史に記されました。この歌は皇后が天皇に奉ったものですが、純真な愛情があふれるように素直に詠まれています。「あなたさまと二人で見ることができたなら、どれほどにこの降る雪がうれしいことでしょうに」、というのです。伝説上の偉人ですが、これほどに自然のままの方であることに、感動と親しみを覚えます。そのような光明皇后の慈悲の御心が、後の歴代の皇后方へ受け継がれていった事跡をたどるとき、わが国の温かな伝統を、何ともいえず有り難く思うのです。

沫雪《あわゆき》のほどろほどろに降りしけば平城《なら》の京《みやこ》しおもほゆるかも

大伴旅人《おおとものたびと》

八・一六三九

大伴旅人は大伴家持の父。後段の筑紫歌壇《ちくしかだん》のところでまた登場してもらいますが、この歌も大宰府《だざいふ》の長官として筑紫にいたときに詠まれた歌です。「消えやすい淡雪が、斑雪《はだれ》のようにまだらに降り敷いていると、平城京のことがとても思われてくることよ」と、冬の寒さがせまるなかで、遠く離れた故郷を偲んでいます。実は旅人が筑紫に赴任してすぐ、ともに旅してきた妻を病で亡くしていたのでした。都を離れた悲しみと懐かしさの情、そして孤独感が切々と感じられます。

矢釣山《やつりやま》木立《こだち》も見えず降り乱る雪にうくづく朝《あした》たぬしも

柿本人麻呂《かきのもとのひとまろ》

三・二六二

柿本人麻呂は飛鳥時代に宮廷に仕えていた歌人ですが、万葉集最高の歌人と称えられ、後に歌聖とも呼ばれました。このあとも多くの歌を紹介することとなります。人麻呂は壮大かつ重厚な長歌を数多く創作しましたが、この歌も新田部皇子《にいたべのみこ》に献じた長歌のあとに付けられた反歌《はんか》です。第四句の「うくづく」は訓が定まっていませんが、馬が勢いよく走っていくさまを表す言葉です。矢釣山は新田部皇子の宮殿の側にある山であり、歌全体はその場所を称えたもの。歌意は、「矢釣山は木立も見えないほどに雪が降り乱れているが、その雪を蹴立《けた》てて馬を走らせるこの朝の、何と楽しいことか」、ということでしょう。この歌も、「木立も見えず降り乱る」という表現など、その言句の一つ一つが何ともいえない力強さにあふれています。

最後に柿本人麻呂歌集から二首、冬の歌を選びました。

あしひきの山道《やまじ》も知らず 白樫《しらかし》の枝もとををに雪の降れれば

十・二三一五

吾が背子《せこ》を今か今かと出で見れば 沫雪《あわゆき》降れり 庭もほどろに

十・二三二三

一首目、「あしひきの」は山にかかる枕詞。上二句と下三句とが倒置しており、山道はどのように行けばよいのか分からない、という戸惑いがまず詠まれ、心の動きの中心であることが分かります。そのあとに今、目の前に見える情景が映しだされます。白樫の木の枝もたわわにたわむほどに、雪がたくさん積もっているので、と。近景は白く、その先の山道は雪に閉ざされてほの暗く、その微妙なコントラストが歌を深遠なものにしています。

二首目、平明な詠み方で、作者の心がまっすぐに伝わってきます。「私の慕う貴方《あなた》のことを、今か今かと待ちこがれて外に出てみると、ああ淡雪が降っている、庭のあちこちが雪の斑となって」。いつのまにか雪が降って積もり始めたけれど、あの方は雪で冷たくはないか、もしや来てはくださらないのかもしれない、と妻あるいは恋人の心細さがそのままに感じられる歌です。昔も今も、人の情愛は千年以上を経て、なにも変わりはない。万葉集は、そんな変わらぬ人の真心を、今に伝えています。

第二章 雑歌

万葉集の歌は、基本的に三つの部立て、すなわち「相聞歌《そうもんか》」、「挽歌《ばんか》」およびその他の「雑歌《ぞうか》」に分けられています。このうち雑歌は「くさぐさの歌」と呼ばれ、儀礼的な公的な歌、神話伝説や歴史を回顧した歌、自然と人生を詠《よ》んだ歌などさまざまな歌があります。ことに巻一は万葉集のなかでも初期の時代の名作が並んでいますが、全て雑歌に分類されています。この章では、主に雑歌のなかから優れた歌を鑑賞していきましょう。

舒明《じょめい》天皇

大和には　群山《むら》あれど　とりよろふ　天の香具山《かぐやま》　登り立ち　国見をすれば　国原《くにはら》は　煙《けぶり》立ち立つ　海原《うなはら》は　鷗《かまめ》立ち立つ　うまし国ぞ　秋津島《あきつしま》　大和の国は

一・二

舒明天皇は第三十四代天皇で、飛鳥《あすか》時代の西暦六二九年からほぼ十三年間にわたり国をお治めになりました。歴代の天皇方は、国土の様をご覧になっては、国土が豊かであること、そして国土に生きる人びとが幸せであることを祈ってこられましたが、そのように国土をご覧になることを「国見」と呼びます。この御歌は、万葉集の二番目に載せられた代表的な国見の御歌で、大和の国の豊かさを誉めたたえ、国土の神々に感謝を捧げられた長歌です。長歌は、五七五七を連ねて結句は五七七で終わりますが、天皇の御歌らしく、まことに堂々たる風格が感じられます。

歌の意はほぼ次のようです。「大和の国にはいくつもの山が連なっているけれど、そのなかでも草木が茂って美しく装《よそお》っているのは天の香具山。その山に登り、高い処に立って国中を望むと、国の広々とした平原には民のかまどの煙が絶え間なく立ち上り、広々とした湖にはたくさんの鷗《かもめ》が飛び立っている。ああ、なんと豊かでうるわしい国であることよ、この秋津島、大和の国は」。民のかまどの煙があがるとは、食物がある程度足りて煮炊きをしているということ、また鷗がたくさん飛ぶということは、魚が豊かな湖であることを示し、国民が安定して暮らしていることを寿《ことほ》いでおられるのです。続く「うまし国ぞ」という力強い言葉には、喜びの御心があふれています。「秋津島」は「大和」にかかる枕詞《まくらことば》ですが、転じて日本全体を指す言葉ともなりました。したがってこの御歌は、大和地方にかぎらず、日本の国土、国民への讃歌ともいえるでしょう。

たまきはる宇智《うち》の大野《おほぬ》に馬並《な》めて朝踏ますらむその草深野《くさふかぬ》

中皇命《なかちすめらみこと》

一・四

中皇命は前述の舒明《じょめい》天皇の皇女《ひめみこ》であろうとされており、舒明天皇が大和の宇智の野に狩猟《しゅりょう》に出られた折に和歌を献上しました。この御歌は、狩りに出られる天皇の御姿を称《たた》えて詠まれた勇壮な長歌のあとの反歌です。「たまきはる」は「うち」や「いのち」などにかかる枕詞で、「宇智の広い野原に狩りに出るための馬をうち並べて、この早朝に踏み走らせていらっしゃることであろう、その草深い宇智の野が目に浮かぶことよ」という意でしょう。四句までは力強い言葉で真っ直ぐに詠み、やや息を呑《の》んだあとに、「その草深野」と名詞で止めて余韻を残しているところ、また居並ぶ馬の脚元から、草深い野へと視点を広げる変化の鮮烈さ、それに「草深野」（これは造語でありましょう）という、簡潔にして重厚な言葉など、全体としての芸術性の高さに目を見張らされる名歌です。

吾背子《わがせこ》は仮廬《かりいほ》作らす　草《かや》なくば小松が下の草《かや》を刈らさね

中皇命

一・一一

これも中皇命の歌で、紀伊《きい》の旅での三首の一つ。昔は旅の夜の宿は、自分たちで草を刈って小さな庵を作って寝ていたのでしょう。歌の意は、私の愛する夫は仮の庵を作っていらっしゃるけれど、萱《かや》がないならば小さな松の下に生えている草をお刈りになりませんか、というのでしょう。「らす」「らさね」という優しみのある敬語をかさね、とくに「刈らさね」と呼びかける親しみに満ちた表現は、品位のある愛らしい女性を想像させます。古雅《こが》な言葉を連ねながら、昔の素朴な風習が写し出されているのは、万葉集の大きな魅力です。

熟田津《にぎたづ》に船乗りせむと月待てば 潮《しほ》もかなひぬ 今はこぎ出でな

額田王《ぬかたのおおきみ》

一・八

額田王は前述したように、斉明《さいめい》天皇（女帝）に仕える女官であり、歌人でもありました。西暦六六〇年、朝鮮の百済《くだら》国からの救援要請を受け、斉明天皇は日本の軍を派遣することとし、斉明天皇自ら多くの軍船を連ねて瀬戸内海を渡り、筑紫の国に至りました。その途中、現在の愛媛県松山に近い熟田津に停泊しましたが、瀬戸内海は潮の流れが速く潮の方向が一定しないので、すぐに出発できません。数日を経て、ようやく月も晴れて潮の干満の具合良く、全軍の船がいよいよ出発するときの勇壮な様を詠《うた》ったのが、この歌です。

「熟田津で船に乗りこもうとして月を待っていると、潮も航行に叶《かな》うようないい流れとなってきた、さあ今こそ、船をこぎ出そうではないか」、と呼びかけています。四句まで一気に詠み、一呼吸の後に、結句は「今はこぎいでな」と八音の字余りで、大きく息を吐くような堂々たる歌です。満月の夜、その声に応えて、全軍奮い立って船出するさまが目に見えるようです。

わたつ海《み》の豊旗雲《とよはたぐも》に入り日さし今夜《こよひ》の月夜《つくよ》清明《あきらけく》こそ

中大兄皇子《なかのおおえのおうじ》

一・一五

中大兄皇子、後の天智《てんじ》天皇が詠まれた、これも万葉集を代表する名歌です。「わたつみ」とは海の神のことですが、転じて海そのものを表します。豊旗雲は、横旗のように雲が豊かになびくさまを表し、作者の造語ですが、何と素晴らしい発想でありましょう。大意は、「この神々しい海の上になびく豊旗雲に入り日がさしている、今夜の月はきっと清く明るいことであろう」、という雄大明朗な御歌です。結句は原文では「清明己曽」であり、その訓《よ》み方をめぐっては、「きよらけくこそ」「まさやかにこそ」などさまざまな説が古来ありますが、昔の人の心になって訓みを想像するのも、読書の楽しみです。

なおこの御歌は、大和三山《やまとさんざん》の伝説を詠んだ長歌の反歌で、播磨灘《はりまなだ》に面した印南国原《いなみくにはら》で詠まれたと考えられています。中大兄皇子は斉明《さいめい》天皇の皇子で、当時はともに軍船にあって筑紫を目指していたと想像され、この御歌は、はるかな旅を前にして、幸運を祈る皇子の心を反映しているのではないでしょうか。

よき人のよしとよく見てよしと言ひし吉野《よしの》よく見よよき人よく見
天武《てんむ》天皇
一・二七

「よし」「よき」をずらっと八つも並べて遊びのようにつなぎ、天武天皇のいたずら心が表れた御歌です。「よい（優れた）人がよいと（良い所だと）よく見て、よし（吉）と言った吉野ですよ、よく見なさいよ、よい人はよく見てね」というのです。実は、原文では「よし」に当てた漢字がさまざまであり、淑、良、吉、好、芳、四来などを振り当て、見た目にも面白く工夫しています。天武天皇が吉野に行幸された折の御歌ですが、吉野はかつて壬申《じんしん》の乱前夜に籠もっておられた思い出の地でした。

いにしへの人にわれあれや楽浪《ささなみ》の古き京《みやこ》を見れば悲しき

高市古人《たけちのふるひと》

一・三二

ささなみの国つ御神《みかみ》の心《うら》さびて荒れたる都見れば悲しも

一・三三

高市古人は、別名黒人《くろひと》といい伝不詳ですが、飛鳥時代に天皇の行幸に供をするなど、旅の歌を多く詠んだ万葉集中期の歌人です。この二首は、琵琶湖南岸の近江《おうみ》の古い都

ますらをの鞆《とも》の音《おと》すなり もののふの 大臣《おほまへつぎみ》楯立《たてた》つらしも

元明《げんめい》天皇

一・七六

を悲しんで作ったと題されています。一首目、「ささなみの」は近江や志賀《しが》の枕詞《まくらことば》であり、また志賀そのものも表します。かつて天智天皇がお治めになった近江京ですが、今やすっかりさびれてしまっている。「自分は古い昔の人であろうか、いやそうではないのに、志賀の古い都を見ると、もの悲しいことであるよ」と回想している歌です。

二首目、「国つ御神」はその国や土地の神をさします。志賀の都があったこの地の国つ神の御心もさびしく衰え、荒れてしまった都を見ると、何と悲しいことであるか。古人の近江京に寄せる哀悼《あいとう》や鎮魂《ちんこん》の心、国つ神に寄せる信仰心が悲しくしみてくるような歌です。

元明天皇（第四十三代）は天智天皇の皇女ですが、御歌は即位後の和銅元年（七〇八）のものです。「ますらを」は優れた男のこと。「鞆」は弓を射るとき、手首に巻いて弦の当たるのを防ぐ道具。「もののふ」は武をつかさどる意。「楯」は矢の当たるのを防ぐもので、楯を立てるとは軍の防備をさす動きでしょう。「たくましい兵士たちの鞆に弦の当たる音がする、これは武を掌《つかさど》る大臣らが楯を立てているようである」という御歌で、一句一句が厳粛で緊張感に満ちた調べです。

御歌の背景は明らかでありませんが、当時は国内が不穏で、謀反の動きがあったとされ、そのご憂慮があったことが想像されます。一方、この年斎行《さいこう》された大嘗祭《だいじょうさい》の前日、祭りの恙無《つつがな》いことを祈って、祓《はら》い清めの「弦打ち《つるうち》」が行われた折のことを詠まれたとの説もあります。しかしこの御歌を受けて詠まれた次の歌からは、前者の可能性が高いと思われます。

吾が大君《おほきみ》ものな思ほし　皇神《すめかみ》のつぎて賜《たま》へる吾《われ》なけなくに

御名部皇女《みなべのひめみこ》

一・七七

御名部皇女は元明《げんめい》天皇の姉ですが、前の御歌で心配している様子の天皇を元気づけようと、それに応えた歌とされています。「わが大君よ、あまりにものを思われることはないのですよ、皇室の御祖先の神々がつないで命をいただいた、この私がいないことはないのですから」。「ものな思ほし」と言い切って、末尾を「われなけなくに」と伝える緊張した調べ。自分がきっと守るのだ、自分がいるから大丈夫ですよ、という意思が強く伝わります。

ひむがしの野にかぎろひの立つ見えてかへりみすれば月かたぶきぬ

柿本人麻呂《かきのもとのひとまろ》

一・四八

日並《ひなみし》の皇子《みこ》の命《みこと》の馬並《うまな》めてみ狩立たしし時はきむかふ

一・四九

柿本人麻呂についてはすでに少し述べましたが、かつて江戸時代の万葉集の学者であった賀茂真淵《かものまぶち》は、万葉集をさして「ますらをの手振り」と呼んで歌の調べの雄々しさを称え、とくに人麻呂の歌を絶賛して「勢《いきお》ひはみ空行く龍《たつ》の如く、言は海潮《うなしほ》の湧《わ》くが如し」とまで記しました。人麻呂の荘重で深遠な和歌の特徴は、とくにその長大な長歌に表れているのですが、本書では限りがありますので、おもに反歌のみに限って鑑賞します。読者の方々には、いつか是非本格的な著書を手にとって人麻呂の長歌もともに読んでいただきたいと思います。

　さてここにあげた有名な歌は、「軽皇子《かるのみこ》の安騎《あき》の野に宿りまし時、柿本人麻呂の作れる歌」と題された長歌のあとの反歌四首のうちの二首です。今は亡き日並皇子《なきひなみしのみこ》がかつて狩りをなされた安騎の野（大和の南西）に、その御子である軽皇子（後の文武《もんむ》天皇）が宿りをなされました。柿本人麻呂は、父君の皇子にもかつて仕えて安騎《あき》の野に来たことがありましたので、野宿をしながら故《ふる》きを思い出し、今を思っておりますと、夜中も寝ることができず、やがて明け方を迎えました。そして詠んだのがこれらの歌です。

　一首目の歌の大意は、「東の野辺にさし染める朝日の光がたちのぼるのが見えてきた。ふりかえって西の方の空を見ると中天にあった月が傾《かたむ》いてしまったことよ」ということ。叙景の歌としても、明け方の空を画《えが》いて荘厳な感じをいだきますが、人麻呂の心のなかには、歴史の流れとなつかしさへの深い思いが湛えられていたのです。今は亡き父君の皇子である軽皇子とともに、この野にあることの不思議さ。さあ新たなる時を生きていくのだと、この歌に続いて詠んだのが次の二首目です。

「父上であった日並《ひなみし》の皇子《みこ》が馬を並べて狩りに立たれたと同じ時間が、今やってきた。父上のように、皇子よ、馬を並べて駆け出そうではありませんか」。いまだうら若い軽皇子に対する人麻呂の敬愛と親しみがあふれています。
続いて数首、人麻呂の作った歌を鑑賞いたしましょう。

大君《おほきみ》は神にしませば 天雲《あまぐも》の雷《いかづち》の上にいほりせるかも
三・二三五

「天皇《すめらみこと》、雷の丘に御遊《いでま》せる時、柿本朝臣《あそみ》人麻呂の作る歌《よめ》」の題があります。持統天皇が飛鳥地方の雷の丘に行幸された折に、供奉《ぐぶ》していた人麻呂が献上した歌です。「大君（天皇）は神でいらっしゃるので、不思議なことに天雲で鳴り響く雷の上の庵にお宿りになられました」と称えています。「大君は神にしませば」という言葉は万葉集の他のところにも出ますが、当時の人びとは、優れて立派なものは全て神々が宿っているいると感じておりましたので、素直な感情の表現でした。現在でも、たとえば相撲の横綱の化粧回しには注連縄《しめなわ》をして神と称えています。人麻呂は、雷という名の丘に立たれる天皇のお姿に、感動を覚えて詠んだと思われ、荘重で力強い歌の調べはゆるぎないものです。

物部《もののふ》の八十《やそ》宇治川の網代木《あじろき》にいさよふ波の行方知らずも

三・二六四

「柿本朝臣《あそみ》人麻呂が近江国より上来る時、宇治河《うぢかは》の辺《ほとり》に至りてよめる歌一首」の題があります。宇治川は京都と奈良の間を流れ、交通の要所であって歴史的にも文学の上でも多くの事跡が残っています。人麻呂はかつての都、近江国から大和へ向かう途中、宇治川のほとりに立って、近江遷都《せんと》から壬申《じんしん》の乱を経てきた歴史を振り返り、この歌を詠んだと思われます。「もののふ」は、たくさんのものを意味する「八十」に掛かり、「宇治」は「氏」との掛詞《かけことば》とする技巧を用い、武士たちが多くの氏に分かれて争うさまを想像させますが、歌の中心は下三句にあります。「網代木」は、川の流れに立てて魚を捕るための杭《くい》、「いさよふ」は流れがゆるやかとなって白波の立つさま。「これまで人々は争いを続けてきた。今こうして見る宇治川の網代木にいざよう白波は、これからどこに流れ去っていくのか、そのゆくえも知ることはない」。下二句のゆらぐような声調が、無限の哀惜となって胸にせまります。この悠久ともいえる感慨は、これからの時代を生きる私たちにとっても決して無縁ではありません。

淡海《あふみ》の海《うみ》 夕波千鳥《ゆうなみちどり》 汝《な》が鳴けば 情《こころ》もしぬに 古《いにしへ》おもほゆ

三・二六六

これも柿本人麻呂を代表する歌ですが、琵琶湖の岸辺にあって詠まれました。「かつて都のあった近江《おうみ》の海辺にたたずんで、夕日に照らされた波をながめていると、千鳥の群れがチチチと鳴きながら飛んでいく。お前たちがそのように鳴くと、私の心もしっとりとして、真から昔のことが思われてくる」という歌でしょう。「夕波千鳥」と、夕波の上をゆく千鳥の情景を七文字にぴったりおさめた造語の美しさは無類であり、夕波と千鳥と人麻呂の心とは、一つとなって渾然《こんぜん》とした美しさをかもしています。初句、二句を名詞で止め、結句は八音の字余りで伸びやかに悠然と余韻を残し、見事な調べが生まれました。また「しぬ」は「しの」とも読めますが、『万葉集古義』を著した鹿持雅澄《かもちまさずみ》は「心も靡《しな》びて真の極まった心の底」と捉えてその表現に感動しています。人麻呂はこの歌でも、懐旧の情を深く偲ばせていますが、過去を今に甦らせ、人生の哀楽をともにしていくその情愛の豊かさが、人麻呂の歌が永遠に尊敬される由縁でありましょう。

あしひきの山川の瀬の鳴るなべに　夕月《ゆづき》が嶽《たけ》に雲たちわたる

七・一〇八八

ぬばたまの夜さりくれば 巻向《まきむく》の川音《かはと》高しも 嵐かも疾《と》き

七・一一〇一

巻向《まきむく》の山辺《やまべ》響《とよ》みてゆく水の水沫《みなわ》のごとし 世の人吾《われ》は

七・一二六九

この三首は巻七の柿本人麻呂歌集に収められたもので、その格調の高さからどれも人麻呂の歌と考えられています。一首目、「あしひきの」は前出したように山の枕詞、「なべに」は同時にものごとが進むときのさまを表します。「山間を流れる早瀬の水音が高く響いている、そのときに、夕月が嶽に雲が立ち渡っていくことよ」。現代語に訳すと、折角のこの雄大で重厚な調べが消えてしまいます。やはり、原文の持つ圧倒的な迫力は、ぜひ声に出して朗々と歌ってほしいと願います。そうすると、大自然の威力、神威《しんい》をまざまざと感じ、大自然とともに生きていく人生を自覚し、大きな力をいただくのです。

二首目、「ぬばたまの」はぬば玉というヒオウギの真っ黒な実で、「黒」や「暗い」の枕詞。真っ暗な夜がやってくると、巻向の川の音が高く響いている。これは山おろしの疾風《しっぷう》が吹いているのであろうかと、川の流れが増水した音を耳で捉《とら》えて、嵐が吹くさまを想像しています。外なる情景描写を四句目でいったん止め、あらためて「嵐かもとき」と内なる心理をひと言で描写する簡潔さ。身心の動きをあるがままに映し出しているからこそ、夜の暗さのなかで高くひびく瀬音がいっそう凄《すご》みを帯びて感じられます。

三首目、これも巻向の川を詠んでいますが、対象の情景は直接というより、さらに心の内奥《ないおう》の世界です。「巻向の山の近くを音高く響かせて流れる川、その川の水の泡のようであることよ、この現実の世を生きていく私という人間は」という意。水の泡のようにはかなく消えていく人間であることを知った無常観が、切実に詠まれていきます。

いなと言へど強《し》ふる志斐《しひ》のが強語《しひがたり》　このころ聞かずて朕《われ》恋ひにけり

持統《じとう》天皇

三・二三六

いなと言へど語れ語れと詔《の》らせこそ志斐《しひ》いは奏《まを》せ　強語《しひがたり》と詔《の》る

志斐嫗《しひのおみな》

三・二三七

天皇とある老女の傑作な歌のやりとりです。一首目の詞書《ことばがき》は「天皇の志斐嫗に賜はる御歌」となっていますが、天皇はおそらく持統天皇と考えられています。「いな、もういいと言うのに、無理にでも聞かせようとする志斐のおばばの強引《ごういん》な物語、このごろ久しく聞いていないが、私も恋しいことだよ」、また聞きたいなという天皇の戯《たわむ》れのお言葉ですが、これに応えた志斐《しい》の嫗《おみな》の歌が二首目です。「いいえ、もういいですと言うのに、語れ語れと仰《おっしゃ》るのですから、この志斐めはしようがなく申上げているのではないですか、それを天皇さまは強語《しいがたり》と仰《おっしゃ》るのですか」と反論しているのです。志斐嫗がどんな女性か気になりますが、天皇と老女の和《わ》気藹々《きあいあい》とした会話のはずむ宮中、周りの人たちの笑いさざめきも聞こえてきそうです。

苦しくも降り来る雨か　神《みわ》が埼狭野《さきさの》のわたりに家もあらなくに

長忌寸奥麻呂《ながのいみきおきまろ》

三・二六五

作者は宮廷の官吏と思われますが、質朴で気品ある作品を残しています。神が埼は和歌山の新宮港の近辺で、「わたり」は船の渡し場。天皇行幸に従った折の歌と思われます。「なんとこれほど辛く降ってくる雨であろうか、神が埼の狭野の渡しには、雨をよけるような家もないのに」、の意。「苦しくも」という率直簡素な表現であるだけに共感しやすく、閑散とした浜辺に降る雨の風景が目に映ります。

吉野なる夏実《なつみ》の川の川淀《かわよど》に鴨《かも》ぞ鳴くなる 山蔭《やまかげ》にして

湯原王《ゆはらのおおきみ》

三・三七五

これも万葉集の代表的な名歌です。吉野は当時離宮があったところ、森厳《しんげん》かつ神聖な地域として多くの名歌が残されています。夏実の川は、吉野川の支流の一つです。「吉野にある夏実の川、その川の流れが淀んでいるところに鴨が鳴いていることだ、この吉野の山の蔭となる川淀にいて」。感情をあえて抑えた純粋な叙景の歌ですが、森厳な山蔭の川淀にあって鳴きとよむ鴨の声によって、その静かさがますます深まります。最後の句が倒置して置かれることにより、山蔭のイメージが深い余韻を全体に漂わせています。なお古語の語法として、「ぞ」の強調詞があとの「なる」という連体形につながります。

家にあらば妹が手まかむ 草枕旅に臥《こや》せるこの旅人《たびと》あはれ

聖徳太子

三・四一五

聖徳太子の御歌と伝えられています。日本書紀には、奈良の北部の片岡山で餓死しようとしている旅人をあわれむ太子の長歌がありますが、これをもとに後世の人が創作したものかもしれません。この御歌の序では、龍田山で餓死してしまった旅人を悲しんで作られた、とされています。「草枕」は旅の枕詞で、昔は草を結んで野宿の枕とした名残でしょうか。「家にあるならば、妻の手を巻いてともに寝ていたであろうに、旅に出て食べ物もなく伏せて倒れているこの旅人は、あわれであるよ」との太子の慈悲の御心を表しています。

み吉野の象山《きさやま》の際《ま》の木末《こぬれ》には ここだも騒く鳥の声かも
山部赤人《やまべのあかひと》
六・九二四

ぬば玉の夜《よ》の更《ふ》けぬれば 久木《ひさき》生ふる清き川原《かわら》に千鳥しば鳴く
六・九二五

聖武天皇の行幸の折、山部赤人が吉野の宮のたたずまいを称えた長歌に続く反歌二首です。一首目の象山は、吉野宮の滝の近くにある山。「山の際」は、山の重なっているところ、山間《やまあい》をさします。「ここだ」はたくさんの意。「あの吉野の象山の山あいの林の梢には、こんなにもたくさん集まって鳴き騒ぐ鳥の声がしている」と訳すれば簡明なものですが、作者の目も耳も透徹して何の濁《にご》りもなく、情景に没入した作者の真摯《しんし》な心が感じられます。吉野、象山、山間、木末と広い視野から焦点が徐々にしぼられ、それを「の」でつないで生まれる調律、下二句は「も」の音の繰り返しで重厚感が生じています。

二首目、久木は赤目柏《あかめがしわ》と言われています。「真っ暗に夜が更けてしまったので、久木が生えている清らかな川原に、千鳥がしきりに鳴いていることだ」と、この歌でも鳥の鳴く声に耳を澄まして詠んでいます。夜の静寂のなかで、やがて聞こえてくる千鳥の声。久木の影が見えるのですから、月影が河原をほのかに照らしていたのでしょうか。「清き」のひと言によって、さらに夜の空気が澄み渡るようです。情景をありのままに言葉にし、作者の感情的な詞《ことば》は発さず、しかも感動が素直に胸に広がってくるところ、まさに赤人の名歌と呼ぶにふさわしいものです。

若の浦に潮満《しほみ》ち来《く》れば 潟《かた》を無み 葦辺《あしべ》をさして鶴《たづ》鳴き渡る

六・九一九

これもまた山部赤人の名作の一つ。聖武天皇が十月に紀伊の国に行幸された折に赤人は従い、和歌山の玉津島山を望んで詠んだ長歌の反歌です。若の浦は現在の和歌の浦、「潟を無み」は潟がないので、の意。「若の浦に海潮が満ちてくると、えさを求める干潟がなくなってしまうので、葦の茂った岸辺を指して、鶴が鳴きながら渡ってくることよ」と、空を飛ぶ鶴の群れの姿を生き生きと描いています。鶴の群れの発するかしましい声も、空から聞こえてくるようです。

稲見野《いなみの》の浅茅《あさじ》押し並べさ寝る夜のけ長くしあれば 家し偲ばゆ

六・九四〇

これも聖武天皇の行幸の折、播磨《はりま》の国の稲見野で山部赤人が詠んだ歌です。浅茅は、丈の低い茅《ちがや》で、旅寝の折に茅を敷いて床としたのでしょう。「稲見野の浅茅を押し並べて、寝る夜がずっと長く続いているので、家のことがとても偲ばれてくることだなあ」ということで、古代の人々の暮らしの様、故郷の人を懐かしむ気持ちがまっすぐに詠まれています。

島がくり吾《あ》が漕《こ》ぎくれば ともしかも 倭《やまと》へのぼる真熊野《まくまの》の船

六・九四四

山部赤人が自ら船を漕ぎ、数日をかけて播磨《はりま》の国の辛荷島《からにしま》を過ぎたときに詠んだ長歌の反歌です。「真熊野の船」は熊野の良材を用いて作った古代の船。「島陰を隠れるようにして自分が船を漕いでいると、なんと羨ましいことだろう、大和に上っていく熊野の船の姿が見えることよ」と、思いを遠く離れた故郷の大和にはせています。三句目で「ともしかも」とすぐに感情を詠《うた》ったあとに、四句五句でその内容を伝える倒置法を用い、末尾を名詞止めにしてどっしりと締めることにより、感動を大きなものにしています。

山高み 白木綿花《しらゆふはな》に落ちたぎつ滝の河内《かはち》は 見れど飽《あ》かぬかも

笠金村《かさのかなむら》

六・九〇九

　笠金村は八世紀初期に主に活躍した歌人で、万葉集にはほぼ三十首の歌があります。この歌は、元正《げんしょう》天皇が吉野離宮《りきゅう》に行幸された折に作った長歌の反歌で、全体は神代から貴ばれてきた吉野の山川の清らかなさまを描いており、巻六の巻頭に載せられています。白木綿《しらゆう》は、樹皮をはいで糸状に作って布としたもので、「白木綿花」とは、白い花が流れるさまになぞらえたのでしょう。河内は、河の流れが出合って、白く泡立っているところ。「山が高いので、まるで白木綿の花のように白く激しく落ちてくる滝が合流してあわ立つそのさまは、どれだけ見ていても飽くことはないなあ」と、勢いよく爽快《そうかい》に詠まれています。ことに「おちたぎつたき」という「た」行を連ねた独特の和語の強さに惹かれます。

丈夫《ますらを》の弓末《ゆずゑ》振り起こし射《い》つる矢をのち見む人は語り継《つ》ぐがね

笠金村《かさのかなむら》

三・三六四

近江《おうみ》と越前《えちぜん》の境にある塩津《しおつ》山を越えるとき、旅の安全を祈って神木《しんぼく》に矢を射る姿を見て金村が詠ったものです。「たくましい男が弓の末を振り起こして射た矢を、のちに見る人たちは、語り継いでいってほしい」の意。現代語訳にすれば簡単なことですが、これまた声に出して読むほど、大和言葉の強靭《きょうじん》さ、そして古代人のたくましさを感じる歌です。ことに二句目は、八字の字余りですが、そのために振り起こす力があふれるようです。

千万《ちよろず》の軍《いくさ》なりとも言挙《ことあ》げせず　とりてきぬべき男とぞ思ふ

高橋虫麿《たかはしのむしまろ》

六・九七二

天平四年、藤原宇合《ふじわらのうまかい》が節度使《せつどし》（軍を率いる特使）として筑紫の国に派遣されたとき、高橋虫麿が詠んだ送別の長歌の反歌です。長歌では、故郷の大和の自然の美しさを織り込んで、宇合が無事に早く帰ってくることを望み、反歌では、「向かう相手はたとえ千万の軍隊であろうとも、むやみに言葉に出すことはしないで、討ち取って従わせることのできる男と、私はあなたのことを思っていますよ」と宇合のますらおぶりを称えています。「言挙げ」とは、自分の考えをはっきり言葉にすることで、それが時には慢心ともなる。そうではなく、黙って実行することを人々は重んじたのでした。重厚なる万葉調の歌です。

丈夫《ますらを》の行くといふ道ぞおほろかに思ひて行くな丈夫の伴《とも》

聖武《しょうむ》天皇

六・九七四

聖武天皇（第四十五代）は神亀《じんき》元（七二四）年即位、天平時代にかけて古代の律令《りつりょう》制の成熟期に統治され、国分寺《こくぶんじ》建立《こんりゅう》の詔《みことのり》や東大寺大仏開眼など、仏教に深く心を寄せられました。この御製は、国内の辺境防備のために節度使を派遣するにあたって、激励の御酒《みき》を賜ったときの長歌の反歌です。「このたびの派遣は、堂々とした男たちが行くという道であるぞ。決してなおざりに思って行ってはならない、ますらおであるお前たちよ」と励まされました。「ますらを」は立派な男の意。古事記以来の文武両道の精神がみなぎった、天皇として威厳のある御歌です。

いざ子ども　早く日本《やまと》へ　大伴《おほとも》の御津《みつ》の浜松待ち恋ひぬらむ

山上憶良《やまのうえのおくら》

一・六三

山上憶良は万葉集の中期の代表的歌人、のちに筑紫に移り、筑前守《ちくぜんのかみ》として多くの歌を遺《のこ》しました。遡《さかのぼ》って大宝《たいほう》元年（七〇一）、憶良は、遣唐大使《けんとうたいし》に伴って遣唐使少録《しょうろく》として唐に渡りましたが、その間に唐の国内の争乱に遭い、本国に帰りました。このときに唐を出国するにあたって、祖国を思って作った歌で、「さあ、おまえたちよ、早く日本へ帰ろうではないか。大伴の御津の浜辺の松原も、我々の帰りを待ち恋いているであろうぞ」と、一句、二句を区切って、はずむように呼びかけています。「子ども」とは、年少の部下たちに親しみをこめて呼んだ言葉。大伴の御津は難波の南にあり、出航した港の辺りでしょう。「日本」の文字を使っていることも興味深いことです。

さて憶良の晩年、今度は唐に渡る友人との別れに臨んで詠んだ「好去好来《こうきょこうらい》の歌《うた》」という長歌があります。その有名な最初の一節をここに挙げましょう。

神代《かみよ》より　言ひ伝《つ》て来《く》らく　そらみつ　倭《やまと》の国は　皇神《すめかみ》の　厳《いつく》しき国　言霊《ことたま》の　幸《さき》はふ国と　語り継《つ》ぎ　言ひ継がひけり　（後略）

五・八九四

全体の大意は、「神代から言い伝えてきたことには、（空に満ちる）大和の国は、皇室の祖先の神々がしっかりと護っておられる国、『言霊』が満ちて幸をもたらす国であると、語り継いできた、言い継いできたことだ」ということでしょう。ここで「言霊の幸はふ国」という、まことに荘重かつ美しい言葉が歌われています。序にも述べましたように、言葉には、神をまた人を動かす魂がある、と古代の人々は感じていました。それだけに言葉をとても大切に扱い、真心をこめて歌い上げるのが、和歌でした。つまり言葉にこめた真心があふれている、それが私たちの国なのだという自覚です。しかもそれは、はるかな神代から伝わっているのですよ、誇りとして行ってきてください、そして役割を果たして無事に帰国してください、と祈っているのが、外国に渡る友人にあてたこの憶良の長歌なのです。

士《をのこ》やも空《むな》しかるべき万代《よろづよ》に語り継ぐべき名は立てずして

六・九七八

同じく山上憶良の歌ですが、筑紫より都にもどった翌年に七十四歳で亡くなる前、「憶良が病に沈んだとき、見舞いに来た客人に対してお礼の言葉を述べた後、涙にむせんでこの辞世の和歌を吟じた」との注があります。死を前に、「男たるもの、空しくこのまま果ててよいであろうか、後々の世まで語り継ぐべき功名を立てないで」とその無念さを歎《なげ》きました。しかし憶良の名は、彼の多くの和歌とともに後世の人々の心のなかに受け継がれているのです。そこに万葉集の、そして和歌の永遠の生命があるといってもいいでしょう。

御民《みたみ》吾《われ》生ける験《しるし》あり 天地《あめつち》の栄《さか》ゆる時に遭《あ》へらく思へば

海犬養宿弥岡麿《うみのいぬかいのすくねおかまろ》

六・九九六

天平六（七三四）年、聖武《しょうむ》天皇の詔に応えた歌です。「この御代の民である自分は、本当に生き甲斐をいただいているのだ。天地が栄えるこのときに、生まれて遭《あ》うことができたと思うと」と天平の御代を寿《ことほ》ぎ、そのときに生まれた幸《さち》を高らかに詠っています。まさに堂々として歓びにあふれた歌ですが、歌人島木赤彦は「円融具足《えんゆうぐそく》して張り満ちた姿」といい、「さながらにして古今名鐘《ここんめいしょう》の響き」と賞賛しました。

続いて、作者不詳の和歌のいくつかを紹介します。

○

大き海に島もあらなくに海原《うなはら》のたゆたふ波に立てる白雲《しらくも》

七・一〇八九

「雲を詠める三首」のうちの一首で、伊勢で詠まれています。平明な言葉が連なり、その意は明瞭です。この大きな海には島影も見えないのに、海原のゆったりと寄せてくる波のはるかに、立っている白雲よ。歌全体が悠然として心地よく、広々として波立つ海の青さ、青い空に映えて立つ真っ白な雲の対比が美しく、まさに目に見えるようです。

冬ごもり春の大野を焼く人は焼き足らねかも　わが情《こころ》焼く

七・一三三六

月草に衣《ころも》は摺《す》らむ　朝露にぬれての後《のち》はうつろひぬとも

七・一三五一

「草に寄せたる十七首」から二首採りましたが、どれも庶民のにおいのする素朴な歌です。一首目、「こもっていた冬も過ぎて春を迎え、大きな野原を焼く人は、それでも焼き足りないのだろうか、私の心まで焼いている」と春の野焼きに寄せて、焼けるような思いを詠っています。生活のなかから生まれた民謡風な感じがありますが、どうにもならない恋心を詠ったのでしょう。

二首目、「月草」はつゆ草と同じでしょう。生活のなかで衣料の染色に事寄せた歌ですが、「月草の色に衣は摺ろうと思う。たとえ朝露がおりて、衣がぬれたあとは色があせてしまっても」と、女性の心を自分の色に染めたくて、決心しようとしている哀しい男心でありましょう。一時は自分に靡《なび》いていても、再び去っていくことを覚悟しているのですから。

春さらば挿頭《かざし》にせむと我が思《も》ひし桜の花は散りにけるかも　十六・三七八六

巻十六の巻頭にある雑歌ですが、ある物語を注記しています。昔、桜児《さくらこ》という娘に恋をした二人の男が、命をかけて争った。娘はどうしようもなく、歎いてついに林のなかに入って自害してしまった。その二人の男たちが悲しみに耐えず詠んだうちの一つがこの歌で、「春になれば髪にさす飾りにしようと思っていた桜の花、その花が散ってしまったのだ」と嘆くのでした。名もない男が作った歌ですが、桜児という名前に寄せて、桜の花をかんざしにしたいと思っていた、と詠む思情の豊かさが胸に沁みます。
万葉集には、これと同じような境遇の娘の話がいくつも出ています。次もその一つ。

吾《われ》も見つ　人にも告げむ　葛飾《かつしか》の真間《まま》の手児名《てこな》が奥津城《おくつき》どころ

山部赤人《やまべのあかひと》

三・四三二

葛飾の真間に住んでいた手児名という名の娘、貧しかったけれど笑顔がとても美しく、多くの男がほれてしまった。娘はその運命を悟って、みずから海に沈んでしまったのでした。赤人は葛飾を通ったときに、「自分も見た、人にも告げよう、ここが真間の手児名が身を投げたところですよ」と、娘の墓所（奥津城）である海辺で娘の死を悼《いた》みました。手児名の話は当時有名であったらしく、高橋虫麻呂は情のこもる長い長歌を寄せました（巻九・一八〇七）。

安積山《あさかやま》影さへ見ゆる山の井の浅き心を吾が思はなくに

十六・三八〇七

この歌にも伝説が書き添えてあります。昔、葛城王《かつらぎおう》という方が陸奥《むつ》の国を旅された。そのときの接待がなおざりだったので、王は不快に感じていたのを、宮女《きゅうじょ》が気づいて手に酒杯をもち、王の膝を叩きながら歌ったというのです。「安積山の影まで見えるほどに山の泉は浅い、だけどそんな浅い心を、私はあなたに対して思っていませんよ」というほどの意で、これで王の気持ちも和らぎ、宴会を一日楽しんだと伝えています。「安積山」から「山の井」までは「浅き」を導くための序詞《じょことば》です。この歌は、宮人たちが初心者の和歌の習字のお手本に使ったとのことで、文字を美しく書くのに、万葉仮名によるこの歌が適《かな》っていたのでした。

朝床《あさとこ》に聞けば遥《はる》けし 射水河《いみづがは》 朝漕《あさこ》ぎしつつ唄《うた》ふ船人《ふなびと》

大伴家持《おおとものやかもち》

十九・四一五〇

大伴家持が越中国守として赴任していた壮年期、「立山《たてやま》の賦《ふ》」をはじめその土地を詠みこんだ歌を作り、その多くは巻十七から十九の間に載せられています。この歌も代表の一つですが、射水河は富山の西部を流れる大河で、河口付近に越中国府《こくふ》があり、家持はその近くに居住していたのでしょう。「朝の寝床に聞くとはるかに遠く聞こえることだなあ、射水河で朝舟をこぎながら、唄っている舟人の声は」。静かな朝の空気のなかに、舟人の歌声や梶の音が溶け込んでいくようです。最初の二句の悠然《ゆうぜん》とした調べの美しさ、三句は「射水河」と静かに置き、結句は名詞で止めて、余韻を響かせています。射水河は家持には見えないのでしょうが、この歌から波穏やかで広い河口が偲ばれます。

剣大刀《つるぎたち》いよよ磨《と》ぐべし　古《いにしえ》ゆさやけく負《お》ひて来《き》にしその名そ

大伴家持

二十・四四六七

大伴家は神話の時代から続く武門の名門でしたが、政治的には徐々に中央から遠ざけられていました。天平勝宝《てんぴょうしょうほう》八年（七五六）、一族の大伴古慈悲《こじひ》が讒言《ざんげん》によって解任されたために危機感を感じ、大伴家の人々に一門の誇りを呼び覚まし自重を促すために作ったのが、「族《やから》に喩《さと》せる歌」の題の長歌で、これはその反歌です。長歌は「おほろかに　心思ひて　虚言《むなこと》も　祖《おや》の名断《なた》つな　大伴の氏と名に負へる　丈夫《ますらを》の伴《とも》」という緊張した調べで結んでいますが、一族の名誉を重んじ、いい加減な心で生きていってはならぬ、と強く呼びかけています。この反歌はさらに凝縮した形で、「剣や太刀をますます研ぎすまそうではないか。古代よりりっぱに清らかに背負ってきた、大伴というその名前であるぞ」と、一族に対して名誉を守る覚悟を呼びかけているのです。

海行《うみゆ》かば　水漬《みづ》く屍《かばね》　山行《やまゆ》かば　草むす屍
大君《おほきみ》の　辺《へ》にこそ死なめ　かへり見はせじ

大伴家持

十八・四〇九四

これは「陸奥国《むつのくに》より金《くがね》を出せる詔書《しょうしょ》を賀《ほ》く」と題した長大な長歌の一節です。天平二十一年（七四九）、家持が越中国守であったときに、奈良東大寺の大仏に塗るために求めていた黄金が、陸奥の国で見つけられました。これを賀する詔書の中に、家持による「大伴家の言立《ことだ》て」（家訓）が奉じられることとなり、天皇に仕えてきた一族の誇りとして、その喜びを長歌に詠みました。

その言立てが当初に掲げたもので、「海に征《ゆ》くならば水に漬《つ》かって屍《しかばね》となろうと、山に征くならば草の生える屍となろうと、大君のお側にこそ死のうと思う。後ろを顧《かえり》みることはない」との決意を高らかに歌い上げたものです。信時潔《のぶときしきよし》はこれを歌詞として「海行かば」を作曲、大東亜戦争の折に国民をはげます歌や鎮魂歌《ちんこんか》として捧げられました。

第三章 相聞の歌

万葉集の中で、もっとも多くを占めるのは、相聞の歌です。相聞とは、親しい人同士がお互いにその声や様子を聞きあうことですが、それは恋や愛情に代表されます。自然の四季を詠みながらも、心はしばしば愛する人に向きあい、別れの歌も旅の歌も、親しい人を思う情がこもっています。恋しさやいとしさや懐かしさ、それは古代から現代に至るまで、どんな人にとってもかけがえのない感情でしょう。それを純粋に歌ったのが相聞の歌です。これから代表的な相聞の歌を味わっていきましょう。

泊瀬朝倉宮《はつせあさくらのみや》に天《あめ》の下治《し》らしめしし天皇《すめらみこと》の御代《みよ》
天皇《すめらみこと》の御詠《み》みませる大御歌《おほみうた》

雄略《ゆうりやく》天皇

籠《こ》もよ　美籠《みこ》持ち　掘串《ふくし》もよ　美掘串《みぶくし》持ち
この丘に　菜摘《つ》ます児《こ》　家きかな　名のらさね
そらみつ　大和の国は　おしなべて　われこそ居《を》れ
しきなべて　われこそ座《ま》せ　われこそはのらめ　家をも名をも

一・一

万葉集全二十巻の巻頭を飾るのが、この長歌です。作者は、冒頭にあるように「泊瀬朝倉宮に天の下治らしめしし天皇」と、優雅かつ力に満ちた大和言葉で称されたスメラミコト、後にいう雄略天皇です。中国の史書に言う「倭王武」であろうとされ、日本の国力が充実していた頃に天下を治められました。御歌は、天皇が岡の上で春菜を摘んでいる乙女に声をかけるところから始まりますが、「籠もよ　美籠持ち　掘串もよ　美掘串持ち」と語数が三、四、五、六と、調律が高まっていくとともに、心も高まっていく。この独特の調べは、古代における歌の起源を暗示するかのようです。「籠」は摘んだ菜をいれる籠《かご》、「美」は誉める言葉、「掘串」は根を掘る小さなスコップのような道具。「籠よ、美しい籠を持ち、掘串よ、立派な掘串を持って、この丘に春菜を摘んでいらっしゃる乙女子《おとめご》よ、どこの家の方なの？　お名前はなんというのですか？　（そらみつ）大和の国は、すべて私が治めているのだよ、ぜんぶを従えて自分がいるのですよ。では、私からこそお教えしましょう、私の家も、そして名も」と、乙女を前にして初めは優しく呼びかけ、続いて一転して、自分は大和の国を治める天皇であることを堂々と宣言するのでした。当時、自ら家と名を名のるとは、結婚を申し込むことであり、女性がそれに応えて名のるのは、申し込みを承諾することでした。春の陽ざしのなかで、天皇と民とがこだわりなく親しみあふれる言葉を交わす、その大らかな明るい歌から万葉集は始まるのです。

磐姫皇后《いわのひめおおきさき》（仁徳天皇妃）

君が行き日長くなりぬ　山たづね迎へか行かむ　待ちにか待たむ

二・八五

秋の田の穂の上に霧らふ朝霞　いづへの方に我が恋やまむ

二・八八

万葉集のなかでもっとも古いと伝えられているのが、仁徳天皇の御后《おきさき》であった磐姫皇后の御歌です。仁徳天皇は、およそ四世紀後半に難波を都として土木事業などの内政や外交に尽くして大和朝廷の最盛期を築き、困窮した民のために租税を免除するなどの仁政を敷いたことで有名です。しかし一方では恋多き天皇でもあり、磐姫皇后は心の休まるときがありませんでした。巻二の巻頭に置かれた四首の御歌は、どれも仁徳天皇によせる皇后の深い愛情を表していますが、そのうちの二首を挙げます。

一首目、「あなたがお出《い》でになってから、もう何日も過ぎてしまった。山をたずねてお迎えに参ろうか、それともただひたすらお待ちしようか」と、愛する天皇の行方を心配し、早く会いたいばかりに戸惑う気持ちを詠んでいます。歌は二句目で切り、また四句目で切っており、揺れ動く心が自然に表されています。この歌の原型は、古事記のなかに、遠方に流された夫を追う軽《かる》の大郎女《おおいらつめ》の歌として載っています。

二首目、「秋の田にみのる稲穂の上を朝霞が霧となって漂い、いつかは消えていく、その霞のように、私の恋する心もどちらの方にかいってしまって終わるのだろうか」と、どこへ向けてよいか分からない天皇へのひたすらな恋心を、やがて消え行く朝霞の情景に重ねながら、女性らしく優雅なことばで歌い上げています。さまざまに揺らぐ心をそのままに写し出しながら、しかも格調は高く、万葉集を代表する相聞の名歌といえましょう。

あかねさす紫《むらさき》野《の》行《ゆ》き標《しめ》野《の》行き野守《のもり》は見ずや君が袖《そで》振る

額田王《ぬかたのおおきみ》

一・二〇

紫《むらさき》のにほへる妹《いも》を憎くあらば人妻《ひとづま》ゆゑにわれ恋ひめやも

大海人皇子《おおあまのおうじ》

一・二一

万葉集の相聞の歌には、男女二人が問いかけ、そして応える問答の歌がいくつもあります。ここに挙げた二人の歌は、その代表ともいえるもので、舞台は近江京の近くの蒲生野《がもうの》。初夏の五月に、天智《てんじ》天皇は人々とともに薬草などの猟《かり》に出かけられましたが、このとき、弟である大海人皇子（のちに壬申《じんしん》の乱を経て天武天皇となられる）や額田王も随伴していました。この時すでに、額田王は天智天皇に召されていましたが、かつては大海人皇子に愛され、十市皇女《とおちのひめみこ》という子までもうけていました。

一首目、薬猟《やくりょう》の途中、遠くにいた大海人皇子が額田王に袖を振って呼びかけたのでしたが、他の人たちに見られたら大変とばかりに額田王が諌《いさ》めたのがこの歌。「(あかねさす)紫草が美しい野を行き来し、御料地として出入りのできない野を行き来して、あれあれ、野を守る番人が見てはいないでしょうか、あなたはそんなに袖までも振って」と、はらはらしている気持ちがそのままの調べとなって生まれた歌です。「あかねさす」は紫の枕詞ですが、茜《あかね》色をおびた色合いが美しく印象的です。「紫野行き標野行き」という、繰り返しの軽やかな調子が胸をときめかせますが、三句までは皇子の行方《ゆくえ》を追い、四句目で野守に注意が移り、五句目にふたたび自分に向って袖を振る皇子の大胆な姿を画《えが》いており、まるで映像を見るようです。戸惑ったふうはあるものの、歌全体はどこか楽しんでいるようで、魅力的な歌として好まれてきました。

二首目は、前の歌に応えた大海人皇子の歌。「紫の花がにおうように美しいあなたのことを、もし憎いとでも思っているのなら、あなたは人の妻であるのに、どうして恋心などいだくものでしょうか」というほどの意。「恋ひめやも」は強い反語の表現ですから、そのあとに、「あなたのことがどうしようもなく好きなのです」という気持ちが隠されています。文武にたけた天武天皇を偲ばせる、男性的で率直な歌ですが、額田王は、その気持ちを受け止めたのでしょうか。意外にさらりと受け流したかもしれません。これらの歌は、薬猟のあとの宴会でたわむれに披露されたのではないか、という説もあるほど、朗らかな古代の人々の声が聞こえてくるようです。

妹《いも》が家も継《つ》ぎて見ましを 大和《やまと》なる大島《おほしま》の嶺《ね》に家もあらましを

天智《てんち》天皇

二・九一

秋山の樹《こ》の下がくりゆく水の吾《われ》こそ益《ま》さめ 御思《み》ひよりは

鏡王女《かがみのおおきみ》

二・九二

これは天智天皇と鏡王女との問答の歌。鏡王女は額田王の姉で、のちに藤原鎌足の妻となりました。天智天皇の御歌は、「恋するあなたの家をずっと見ていたいのになあ、大和にある大島の嶺の上に、あなたの家があればいいのになあ」という意ですが、大島の嶺は天皇がよくお出かけになっていた処《ところ》なのでしょう。「見ましを」「あらましを」と繰り返しているところ、いかにも素朴で、おおらかな古代の王者の風格を思わせます。

これに応えた鏡王女の歌。「秋山の木々の下を隠れてゆく水のように、ひっそりとお慕いする私の思いこそ、あなたさまの御思いよりも、さらに深いのですよ」と、「吾こそ」と強調し、また結句を倒置法で表しているところなど、しっかりとした思いを伝えています。「秋山」から「水」までは序詞《じょことば》ですが、いかにも慎ましく、落ち着いた女性らしい表現です。

あしひきの山のしづくに妹待つと我が立ち濡《ぬ》れぬ山の雫《しずく》に

大津皇子《おおつのみこ》

二・一〇七

我《あ》を待つと君が濡れけむ足ひきの山の雫にならましものを

石川郎女《いしかわのいらつめ》

二・一〇八

大津皇子は天武天皇の第三皇子、後に謀反《むほん》の罪によって死を賜る悲劇の人で、第四章で詳しくその経緯を紹介しますが、漢詩にもたけた詩人でした。皇子には石川郎女という恋人がいて、いかにも美しい二人の相聞の歌が残されています。皇子の歌は、「(あしひきの：枕詞)山の木々から落ちる雫《しずく》にね、あなたが来るのを待っていようと木陰に立っていて、とうとう衣服も濡れてしまいましたよ、山のしずくにね」という意でしょう。「山のしづくに」の繰り返しが何ともいえない旋律を醸《かも》し、なかなか来てくれない乙女を、それでもじっと待つ男の恋心が沁《し》みわたるようです。雫は、草木の夜露《よつゆ》なのか、霧雨《きりさめ》がふっていたのか、評者によってさまざまです。

皇子の歌に詠まれた心と言葉をそのまま受けて、石川郎女は応えます。「私のことを待とうとして、あなたがお濡れになったでしょうその山の雫に、私もなってしまいたいものです」と、夜露にぬれた皇子を気遣い、待ってくれたその心をいとしく受け止め、私がその雫になって、お会いしたかったと詠《うた》うのです。二人の歌ともに、「好き」とか「愛」とかの言葉を使うことなく、お互いに求め合う心を雫に寄せながら、見事に詠っているのです。

石見《いはみ》のや　高角山《たかつぬ》の木《こ》の間より我《あ》が振る袖《そで》を妹《いも》見つらむか

柿本人麻呂《かきのもとのひとまろ》

二・一三二

小竹《ささ》の葉はみ山もさやにさやげども　吾《あれ》は妹思ふ別れ来《き》ぬれば

二・一三三

柿本人麻呂が、赴任していた石見の国（島根県）から上京するときの短歌で、この前に有名な長歌があります。妻との別れの悲しみに耐えられず、間をさえぎる山に向かって、「妹が門《かど》見む　なびけこの山」、家の門に立つ妻の姿を見たいのだ、なびいてくれよ、この山よ、と呼ぶ絶唱の歌に感動し、共感した若き日のことが思い出されます。

一首目、「石見のや」の「や」は、リズムを調えるために添えられた感嘆《かんたん》の助詞でしょう。高角山は、島根県の江津《ごうつ》付近の山。なつかしい石見の国、その高角山の木々の間から、私が別れを惜しんで振っている袖を、妻は見てくれたであろうか。この山を越していけば、もはやともに過ごした妻の家も見えず、遠く離れてしまう。当時の人々にとって、それは今生《こんじょう》の別れかもしれないのです。その悲しい別れに、人麻呂は必死に袖を振るのでした。

二首目は、すでに高角山をすぎた山間《やまあい》の行路での歌でしょう。「小竹《ささ》」は、おそらく熊笹のような丈の低い笹の群落だろうと想像します。笹の葉は、この山全体が騒ぐほどにさやさやと音立てて風になびいているけれど、私はそれも耳にはいらぬほどに、ただ妻のことを思っているのだ、とうとう別れてきてしまったのだから、ということでしょう。いつ再び会うことが叶《かな》うのか分からない妻へのひたすらな思慕《しぼ》に、胸を打たれます。ことに、上の句で繰り返される「さ」の音が胸のうちに響いて、素晴らしい音調を生み、ササササと風になびきわたる笹の情景が、作者の胸騒ぎと共鳴するようです。四句目の字余りも、あふれる妻への思いの反映でしょう。

さて次もまた柿本人麻呂の歌です。

み熊野《くまの》の浦の浜木綿《はまゆふ》百重《ももへ》なす心は思《も》へど直《ただ》に逢《あ》はぬかも
四・四九六

古《いにしへ》にありけむ人も吾《あ》がごとか妹《いも》に恋ひつつ寝《い》ねがてにけむ
四・四九七

巻四にある人麻呂の相聞歌四首のうちの二首です。人麻呂が熊野の浦辺を旅した折に、妻を恋しく思って詠んだものと思われます。一首目、上二句は「百重」にかかる序詞です。この熊野の浦に群生する浜木綿、その花も葉も百重なすほどたくさんの花弁をつけている、そのように何度となく妻を恋しく思っているけれど、じかに逢うことができないことよ、との嘆きを詠んでいます。序詞からのつながりも美しく、また結句で「ただにあはぬかも」と八字の字余りで、逢いたい気持ちを強く表しているところ、味わいの深い歌です。

二首目、「昔おられたであろう人たちもまた私のように、妻を恋いながら、寝られない夜をすごしたのであろうよ」。恋し嘆きながら、昔の人々もまた同じ思いをもって旅していたのだろうと、振り返りつつ悲しみをかみしめているのですが、人麻呂の心のなかには、いつも昔の人の心がよみがえっていたと思われます。その共感が、人麻呂の重厚な歌を形づくっています。この歌の調べも、悲しみの大きなうねりを感じさせ、静かな感動を呼びさましします。

吾《われ》はもや安見児《やすみこ》得たり みな人の得がてにすとふ安見児得たり

藤原鎌足《ふじわらのかまたり》

二・九五

宮廷の采女《うねめ》のなかに、安見児という名の大変美しい方がおられましたが、采女とは特別に天皇のお側に仕える女官で、妻として迎えるにはとても難しい人たちでした。ところがついにその安見児を手に入れた、というので藤原鎌足が歓びあまって作った歌です。「もや」は詠嘆《えいたん》の助詞。「自分はなんと、安見児を得ることができたぞ。皆の人が、得ようとして得られないと思っている安見児を、得たのだ」と、はじけるように喜びを詠っています。「安見児得たり」を二回繰り返しているところ、その単純明快さが喜びを倍増させ、みんな、どうだ、と言わんばかりの得意顔が見えるようです。鎌足は天智天皇から、なにかの折の褒美に安見児を賜ったともいわれていますが、詳しくは分かりません。鎌足は、生前は中臣《なかとみ》姓で、天智天皇とともに大化の改新に尽力したことは言うまでもありません。亡くなる直前に藤原の姓を賜り、後に繁栄する藤原家の祖となりました。

二・一一六

人言《ひとこと》をしげみ言痛《こちた》み　おのが世にいまだ渡らぬ朝川《あさかわ》わたる

但馬皇女《たじまのひめみこ》

但馬皇女は天武天皇の皇女でしたが、高市皇子《たけちのみこ》の宮に妃としていらっしゃるときに、穂積皇子《ほづみのみこ》にひそかに逢われ、それが外にも漏れてしまったのですが、それは宮中ではあってはならないことでした。それでも但馬皇女の愛する心は変わりありません。そこで詠まれたのがこの歌、「人の言葉（うわさ）が多くて、またその言葉が心痛むことばかり、それで私はこの人生でいまだ渡ったこともない朝明けの川を渡っていくのです」と一途な思いを吐露《とろ》しています。当時はもちろん、逢うときは男が女に逢いにいくのであって、女からというのは、聞いたこともなかったでしょうし、ましてや皇女の身分です。しかし、人がなんと言おうとも、それでも逢いにいきたい、それほどに強い恋心でした。なお、穂積皇子は皇女にとって天武天皇の異母兄でした。若くして但馬皇女が亡くなったとき、穂積皇子が詠んだ挽歌もまた心打つものです（二・二〇三）。

丈夫《ますらを》や片恋《かたこい》せむと歎《なげ》けども醜《しこ》のますらをなを恋ひにけり

舎人皇子《とねりのみこ》

二・一一七

舎人皇子もまた天武天皇の皇子で、日本書紀を奏上したことで知られていますが、最後は太政大臣にも就きました。この歌には、皇子のいつわらざる真《まこと》の心が表れています。「醜」は、自分を卑下《ひげ》して醜いという意。「立派な男たる自分が、片思いの恋をするなどと歎くけれども、このだめな男の私は、それでもなお、恋をしてしまったのだ」と正直に告白するのですが、全体にみなぎる雄々しさ、とくに「醜のますらを」

の勁《つよ》い響きはぐっと胸にせまります。この愛情を知った娘子は、その飾り気のない人柄に惹かれて、ためらいもなく妻となるのでした。

わが背子《せこ》は物な念《おも》ひそ 事しあらば火にも水にも吾《われ》なけなくに

安倍郎女《あべのいらつめ》

四・五〇六

安倍郎女の出自は分かりませんが、夫への無償の愛がせまってくる名歌です。「私の夫よ、ものを思い煩《わずら》うことはありません。もし何か事があったならば、火のなかでも水のなかでも、自分は入って参りますから」と、夫を励まし、夫とともに生きる気持ちをまっすぐに詠っているのです。結句、「なけなくに」は「ないようなことはない」の意。最初の二句で、ご心配なさいますなときっぱりと夫に告げ、残り三句で、何があろうとあなたを助けますと述べているところ、その健気《けなげ》な覚悟に感動するとともに、古事記のなかで、弟橘比売命《おとたちばなひめのみこと》が倭建命《やまとたけるのみこと》のために海に身を投じた故事が思い出されます。著者の母は、安倍郎女の歌詞をもとに作られた歌曲を戦時中の高等女学校で習ったそうで、時々唄っておりました。

道に会ひて笑《え》まししからに　ふる雪の消《け》なば消《け》ぬがに恋ふとふ吾妹《わぎも》

聖武《しょうむ》天皇

四・六二四

聖武天皇が、酒人女王《さかひとのおおきみ》という媛君《ひめぎみ》を思って詠まれた御歌です。天皇の御歌では自分に対して敬語を使われることがあり、「笑ます」もその用例です。「道でたまたま私に会って微笑《ほほえ》まれたからというだけで、降ってくる雪が今にも消えてしまいそうに、秘かに私のことを恋慕っているという、いとしい人よ」ということでしょう。天皇は、女王の思いを伝え聞いたのでしょうが、「ふる雪の消なば消ぬがに」と融けいりそうな微妙な表現の美しさに、控えめな女王をいじらしく思う天皇の情が伝わってきます。

君に恋ひいたもすべなみ平山《ならやま》の小松が下に立ち嘆《なげ》くかも
四・五九三

笠郎女《かさのいらつめ》

わが屋戸《やど》の夕影草《ゆうかげぐさ》の白露《しらつゆ》の消《け》ぬがにもとな思ほゆるかも
四・五九四

大伴家持を愛した女性のなかでも、ひときわ美しい調べの歌を残したのが笠郎女で、二十九首もの相聞歌がありますが、ここには二首を載せました。一首目、「すべなみ」は「術《すべ》もないので」の意。あなたに恋をして、あまりにもどうしようもないほどなので、平山の小さな松の下陰でひっそりと、あなたを慕って立ちつくして歎いているのです、と哀しいまでの恋心を詠っています。家持はまだ心を開いてくれていないのでしょうか。それとも失恋してしまったのか。平山は、奈良の北にある小高い丘。そこからは、遠くに家持の家が見えていたのかもしれません。

二首目、「消ぬがに」は消えてしまいそうに、「もとな」はわけもなくしきりに、の意。「わが家の庭に夕日のほのかな光を受けている草、その草に宿る白露がやがて消えゆくように、どうにも心もとなく思われてならないことだ」という嘆きの歌ですが、流れるように美しい言葉が連ねられ、恋を成就しえない哀歓がしみじみとして胸に染み入るようです。「夕影草」という造語の美しさにも惹かれます。三句までは「消ぬ」に続く序詞ですが、「の」の連なりによって生まれるまろやかな言葉の響き、その言葉から写し出される夕べの情景が寂しく、夕べの光が恋心に影をおとすようです。

来《こ》むといふも来ぬ時あるを 来じといふを来むとは待たじ 来じといふものを

大伴坂上郎女《おおとものさかのうえのいらつめ》

四・五二七

黒髪《くろかみ》に白髪交《しらかみま》じり老《お》ゆるまでかかる恋にはいまだ逢《あ》はなくに

四・五六三

大伴家持の父、旅人《たびと》の異母妹であり、また妻、大伴坂上大嬢《おおとものさかのうえのおおいらつめ》の母でもあった大伴坂上郎女は、多くの相聞歌を詠みました。しかしその愛は、報われないものも多かったようで、すでに若くもなくユーモラスな歌がみられます。一首目はその典型ですが、経験豊かでなかなか辛辣《しんらつ》な歌です。「来ようと言っているのに来ないときがあるのに、来ないと言ってるのだから、来るだろうと期待して待ったりはしませんよ、来ないと言ってるんですからね」、まあなたは何とつれない人だろう、という感じでしょう。しかし心のどこかでは、待っているのかもしれません、裏切られると知っていても。そんな屈折した気持ちを、見事に五七五七七の各句の頭に「来」を織り込んで詠んだ力量は見事です。

二首目、「黒髪に白髪も交じってしまってこんなに老いるまで、これほどの恋にはまだ逢ったことはなかったのに」と、年をとったがゆえに初めて知る恋のあることを、心の向くままに告白しています。しかしこの歌には続きがあり、好きな相手の人は自分との恋のうわさを嫌って、やはりどこかに去ってしまったのでした。

夢《いめ》の逢《あ》ひは苦しかりけり覚《おどろ》きて掻《か》き探《さぐ》れども手にも触《ふ》れねば

大伴家持《おおとものやかもち》

四・七四一

家持が、妻である大伴坂上大嬢に贈った歌。「おどろく」は目を覚ますこと。「夢のなかでの出会いは苦しいものだった。はっと目をさまして暗いなかで手を掻きながら探したけれど、妻の体にふれることもできなかったから」と、妻に会いたくて会えない気持ちを、いかにも情熱的に詠っています。夜中目を覚まして、側に愛する人のいない悲しみは誰にもあるかと思います。しかしこの歌、家持の代表歌と評する人もいるかわりに、やや過剰で真実味に欠けると評価されてもいます。家持は妻への愛を、このように伝えることによって慰《なぐさ》めとしたのかもしれません。

○

相聞の歌は全編に散りばめられていますが、ことに巻四、および巻十一や十二は全てが相聞歌で占められ、また巻十は四季折々の相聞の歌が多数採られています。しかも巻四以外のほとんどは詠み人が明らかに記されていないのです。なかでも巻十一や十二は「古今相聞往来《おうらい》の歌の類《たぐひ》」、つまり昔と今の相聞で行き交いした歌の種類を集めたもので、上と下に分け、総計八百五十九首もの歌が収められています。以後はこれら、名もなき庶民の相聞歌を取り上げていきましょう。

まず紹介する三首はみな旋頭歌《せどうか》と呼ばれる古い和歌で、五七七を二回繰り返す独特の調べをもち、原初の歌の形を残しています。また歌の内容もごく素朴で、古代の人々の人柄がそのまま表れており、とても興味深いものです。

春日《はるひ》すら田に立ち疲る君はかなしも　若草の嬬《つま》なき君し田に立ち疲る

七・一二八五

新室《にいむろ》の壁草《かべくさ》刈《か》りに坐《い》まし給はね　草のごと寄り合ふ少女《をとめ》は君がまにまに

十一・二三五一

玉垂《たまたれ》の小簾《をす》の隙《すけき》に入り通ひ来《こ》ね　たらちねの母が問《と》はさば風と申さむ

十一・二三六四

一首目、若い妻を亡くした男が春の田畑で働く姿を、いとおしく眺めている歌です。「春ののどかな日でさえも田畑に立って疲れている君の悲しいことよ、（若草の）妻をなくした君、その君が田畑に立って疲れた様子でいるよ」ということでしょうが、「田に立ち疲る」と繰り返して、打ちしおれた男の姿にせまっているところ、男を案じる村人の気持ちがよく表れています。「若草の」は妻や妹にかかる枕詞ですが、いかにも若くて瑞々《みずみず》しいさまをしのばせる句です。この歌を詠んだのは、あるいは男を密かに愛していた女性かもしれません。いずれにしても、人の悲しみをともに悲しむという情愛がしみじみとした歌となっているところ、これが原初の日本人の心であったのです。

二首目、巻十一の巻頭をかざる歌です。おそらくは農民の歌謡として、草刈りの作業をともにしながら唄ったのでしょう。「新しい家に使う壁草を刈りに、どうぞお出でくださいませ。草が互いに寄り合うように、初々しい乙女は、好きなあなたの心のまにまに、寄り添っていきますよ」と、恥じらいをふくみながらも愛らしい乙女の恋を囃《はや》す、若者たちの唄声が聞こえてくるようです。新室は新婚さんの入る家ではないでしょうか。

三首目、好きな男が通って来るのを待つ、うら若い女の機転がきいた歌です。「玉を垂らしたようなきれいな簾《すだれ》の隙間《すきま》をくぐりぬけて、通っておいでなさい。（たらちねの）母親が問いただしたら、あれは風よ、と申しましょう」と、何としても好きな人を家に誘おうとする娘さん。この娘さん、若い男より一枚上をいくようですが、いかにも古代の若者の大らかな気性が表れています。語る口調のままに詠んでいるので、その声までも生き生きと甦ってくるようです。

次からは、短歌の数々を見ていきましょう。

道の辺《べ》の草深百合《くさふかゆり》の花笑《はなえ》みに笑まししからに妻と言ふべしや

七・一二五七

「道のほとりの深い草むらのなかに咲く百合の花のように、可愛らしい笑みを浮かべられたからといって、妻と呼んでもいいのだろうか」。この歌、上の五七五の句のなんと魅力的な表現でしょうか。「草深百合」という見事な造語も、「花笑みに」笑む、という魅惑的な言葉も、これを生みだしたのが千三百年以上昔の名もなき人とは驚くばかりです。

秋山の紅葉《したび》が下になく鳥の声だに聞かば何か歎《なげ》かむ

十・二二三九

「秋山の」から「鳥の」までの上三句は「声」に繋がる序詞で、下二句が作者の実際の思いです。秋の山の紅葉の下で鳴く山鳥の声が聞こえてくる、ああなたの声さえ聞くことができるのなら、何を嘆くことがあろうか。恋する人に会えない、その声さえ聞くことのできない嘆きを、叙景を織り込みながら素直に詠んでいます。

垂乳根《たらちね》の母が手離《てはな》れかくばかりすべなきことはいまだせなくに

十一・二三六八

「正《まさ》に心緒《おもひ》を述《の》ぶ」、つまり、まっすぐに自分の思いを述べたという歌群の最初にあります。「（たらちねの：枕詞）母の手を離れて独り立ちできるようになってから、これほどまでにどうすればよいか分からないことは、いまだなかったのに」。「すべなき」は為す術《すべ》もない、の意。初恋の経験をして、途方にくれながら悲しむ心が切実に詠まれていますが、母の手を思い出すあたり、作者は若い乙女と思われます。

心には千《ち》たび思へど人に言はず 吾《あ》が恋ふ妹《いも》を見むよしもがも

十一・二三七一

「心のなかでは数え切れないほど何度も思っているけれど、人には告げることなく、恋する大切なあなたに何とか逢えないものだろうか」と、誰にも言えない恋の苦しみにあえぐ男の歌です。

ますらをの現心《うつしごころ》も吾はなし 夜昼といはず恋ひしわたれば

十一・二三七六

「健気《けなげ》な勇ましい男と思っていた自分だったが、そのしっかりした心もなくなったことよ。夜も昼もなく、いつもあなたのことを恋《こ》いてばかりいるので」の意でしょう。立派な体格の男でしょうが、恋の虜《とりこ》となってすっかり心も空ろになってしまったようです。

朝影《あさかげ》に我が身はなりぬ 玉かぎるほのかに見えて去《い》にし子ゆゑに
十一・二三九四

行けど行けど逢《あ》はぬ妹《いも》ゆゑ久かたの天《あめ》の露霜《つゆじも》に濡《ぬ》れにけるかも
十一・二三九五

好きで好きでたまらず、暗澹《あんたん》としている男の歌二つが並んでおり、あるいは同一の人の歌かもしれません。一首目、朝影になるとは、朝の光で影となった姿が細長くみえるさま、つまり恋のために痩せてしまったということです。「玉かぎる」は、玉の光がほのかなことから、「ほのか」の枕詞。「自分は朝影のようにほっそりとなってしまったよ。ほんのちょっと会っただけで、すぐに去ってしまったあの子のおかげで」というのですが、一目ぼれで食欲もなくなるような純情な男は、昔もいたと思われます。「朝影に我が身はなりぬ」という表現は、いかにもそのさまをよく表しています。

二首目、「行けども行けども、逢うことができなかった恋しい人、あなたのお蔭で、この大空の下の冷たい露に濡れてしまったことだ」と、恋する人をどこまでも探し求めてやまぬ男の歌です。しかし、とうとう逢えずに空を見上げ、泣く泣くふるさとに帰ったのでしょう。「久かたの天の露霜」の句が生き、一途な男の気持ちがよく表れた歌です。

恋ふること心遣《や》りかね出で行けば 山も川をも知らず来にけり

十一・二四一四

これも呆然《ぼうぜん》とした男の歌。「恋する心をどこに向けてよいか分からないまま、家を出てさまよっていくうちに、山も川も越えたのに気づかないまま、ここまで来てしまったことよ」と、恋するあまりに、身も心もなくさまよう男の純一《じゅんいつ》な思いが哀れです。「山も川をも知らず」という簡潔な表現はなかなか思いつかないもので、上代の人がこの詞《ことば》を体験のなかから生みなしたというのは、素晴らしい言語感覚です。和歌という限られた語数のなかに、見事に自分の思いを詠み込んでいます。

たらちねの母が養ふ蚕《こ》の繭《まゆ》ごもりこもれる妹《いも》を見むよしもがも
十一・二四九五

三句までは「こもる」に掛かる序ですが、「（たらちねの）母上が養っている蚕《かいこ》が繭《まゆ》のなかにこもっている、そのように家のなかにこもって姿を見せてくれないあの人に、なんとか逢える手立てはないものか」という素朴な若者の歌です。姿を現さない恋人を繭にこもる蚕にたとえるなど、当時の人々の生活のさまが詠みこまれて、独特の雰囲気が醸《かも》しだされています。

思はぬに至らば妹《いも》が嬉《うれ》しみと笑《え》まむ眉引《まよびき》思ほゆるかも

十一・二五四六

眉引とは、一般に眉を墨で引く化粧をいいますが、ここでは三日月のようなまろやかな眉と思われます。「思いがけないときに逢いにいくと、愛する子が嬉しくって微笑む、その笑顔の眉をなんとも思い出すことだなあ」ということでしょう。突然姿を現した彼の出現に、嬉しくてならない乙女の顔が目に浮かぶようですが、ことに笑顔の眉の可愛らしい乙女であったのでしょう。こんなところにも、上代の人の視点の新鮮さが感じられます。

立ちて思ひ居《い》てもそ思ふ紅《くれない》の赤裳《あかも》裾《すそ》引き去《い》にし姿を

十一・二五五〇

高松塚古墳の壁画に裳裾を着た女性の姿がありますが、赤裳裾は身分の高い女性の着物といわれています。「立っていても思い、坐っていてもずっと思い続けて忘れられない。あの紅色の赤裳裾を引かせながら去っていったあなたの姿を」というのでしょうが、ひと時の出逢いのあとの別れだったのでしょうか。あるいは近くで見かけただけで、去っていった女性だったのでしょうか。いずれにても、男が忘れられずに歎くほど、紅色の姿の残像が美しい印象的な歌です。

朝《あさ》寝《ね》髪《かみ》吾《あれ》は梳《けず》らじ　愛《うつく》しき君が手《て》枕《まくら》触《ふ》りてしものを

十一・二五七八

「一夜をともにした朝寝のあとの髪を、櫛《くし》けずらないでいます。いとしいあなたが手枕をして触れてくださった髪ですもの」という歌ですが、上代の庶民が、これほどまでに色艶《つや》の世界を情緒細やかに詠んでいたのかと、驚くほどです。上の五七で簡潔に

「けずらじ」と言い切り、あとの三句でそのわけを、愛する男が触れた髪だからと告げているところ、明快でしかも女性らしいやわらかな心が詠われています。好きな人が触れたものは、そのままにしておきたいというのは、今も変わらぬ恋心でしょう。いつまでも愛される歌にちがいありません。

灯火《ともしび》の影《かげ》にかがよふうつせみの妹《いも》が笑《え》まひし面影《おもかげ》に見ゆ

十一・二六四二

「うつせみの」は、現実にこの世にあることとの意。「ともしびの光に照らされて、夢ではなく恋する人が微笑んでいたその面影が、今も見えてくることよ」との意ですが、ほのかな光に映えていた恋人の面影が目の前にいるようにくっきりと思い出される、そこまで一途《いちず》な男のまなざしを感じる歌です。電灯の明かりとは違って、薄暗い部屋のなかで、ともし火に照らされる女性の顔はことに美しく感じられたことでしょう。

情景はほのぼのとして調べが美しく、古語のみがもつ豊かな言葉の響きが感じられます。

馬《うま》の音《おと》のとどともすれば松かげに出でてぞ見つる けだし君かと

十一・二六五三

これはまた何と素朴な歌であることか。田舎の暮らしのなかから生まれた珍しい相聞の歌で、夫の帰りをまつ妻の歌と思われます。「とど」とは馬が土を蹴って歩くときの、ドッドッという足音の擬音語でしょう。「けだし」は、ここではもしかしたらの意。「ドッドッと近づいてくる馬の足音が聞こえてくると、松の木の陰に出て見たことですよ、もしやあなたが帰ってきたのかと」ということでしょうが、あるいは、好きな男が家の前を馬を曳きながら通り過ぎていくのを、胸をときめかせながら見守る、娘さんの歌かもしれません。

志賀《しか》の海人《あま》の煙《けぶり》焼き立てて焼く塩の　からき恋をも吾《あれ》はするかも

十一・二七四二

これもまた、海の生活のにじむ歌です。志賀島《しかのしま》は、筑紫の国、博多湾の北にある小島。海人は漁師。「志賀」から「塩の」までが序詞になって、「からき」に掛かります。昔は塩を取るために、海水を器に入れて焼いていました。「志賀の漁師たちが煙を立てながら塩を焼いている、その焼き塩のようにからい恋をも、自分はしているのだ」という男の歎きです。どんな辛いことがあったのか分かりませんが、あるいは恋人と別れて、はるか九州に来た男の歌かもしれません。

神南備《かむなび》の浅小竹原《あさしぬはら》の　うるはしみ妾《わ》が思《も》ふ君が声の著《しる》けく

十一・二七七四

神南備は神々が宿っているように厳かな飛鳥《あすか》の丘、浅小竹原は背丈の低い小竹の原ですが、上二句が序詞となって「うるはし」に続きます。この序詞そのものが短いなりに枯淡の美を感じさせます。「麗しいと私が慕っているあなたの声が、とくにはっきりと聞こえてきます」というのですが、歌は「しるけく」と連体形で終わっており、これがあとに余韻を残し、いかにも女性らしい優しさが感じられて、印象的な歌になっています。多くの人のなかにあっても、愛する人の声ばかりはよく聞こえる、その感性を素直に詠っています。

わが背子《せこ》が朝明《あさけ》の姿よく見ずて　今日のあひだを恋ひ暮らすかも

十二・二八四一

巻十二、「古今相聞往来《おうらい》の歌の類《たぐひ》、下」全三百七十首の最初に掲げられた歌です。「背子」は、女性が夫や恋人を親しんで呼ぶ語。朝明とは、朝日の昇る頃のこと。「大切な夫が、朝お出かけになる（帰っていかれる）その姿をよく見ないで、今日の一日のあいだをずっと、恋慕いながら暮らしていることですよ」。

当時は、夫は妻のもとに夜通っていました。夜明けの頃にはまた帰ってしまうのです。別れのときに、夫の顔や姿をよく見なかった。その無念の思いがしみじみと伝わる歌です。

今は吾《あ》は死なむよ　わが背《せ》恋《こ》ひすれば一夜《ひとよ》一日《ひとひ》も安けくもなし

十二・二九三六

激しい恋心を詠った女性の歌です。「今や自分は、もう死んでしまおうとまで思っています。私の大切なあなた、あなたに恋をしていると、ほんの一晩も、一日でさえも心は安らかではありませんから」という切実な感情がほとばしっています。恋人に向かって「死なむよ」と詠んだ歌がこれ以後いくつか現れますが、命さえ燃やしつくすようなこの歌の情熱に刺激されて、また新たな情熱を沸き立たせていったのでしょう。これもまた歌、あるいは言葉のもつ威力かと思われます。

年の経《へ》ば見つつ偲《しの》べと妹《いも》が言ひし衣《ころも》の縫《ぬ》ひ目見れば悲しも

十二・二九六七

妻を置いて長い旅に出た男の歌とされています。「年が経ったなら、これを見ながら私のことを思い出してくださいと言って、妻が縫ってくれた衣、その衣の縫い目を見ると、悲しくてならない」というのです。一説に、旅の間に衣の縫い目までが、擦り切れてほころびてしまったのだろうとありますが、妻の愛情がますます身に沁みたことでしょう。真情あふれる歌で、貧しい夫婦でしょうが心は豊かです。

天《あま》なるや月日《つきひ》のごとく吾《あ》が思《も》へる君が日にけに老《お》ゆらく惜《お》しも

十三・三二四六

年老いていく夫を惜しむ妻の珍しい歌ですが、妻のいたずら心も窺われるようです。この歌の前には長歌があり、夫の長寿を祈り、若返る水を差し上げようと呼びかけています。「日にけに」は、毎日毎日の意。「天にある月や日のように素晴らしい方と思っていたあなたでしたが、こうして日々老いていかれる姿が、とても惜しいことです」というのですが、「日にけに」はややオーバーで、少しからかっているふうでもあります。しかし老いを悲しむ気持ちには、昔も今も変わりありません。万葉集には自分が老いてゆく姿を哀れむ女の歌、男の歌もあり、これまた自然な人間の心の発露《はつろ》なのでしょう。

磯城島《しきしま》の大和《やまと》の国に人二人《ひとふたり》ありとし思《も》はば何か嘆《なげ》かむ

十三・三二四九

　この歌も作者は明らかでないものの、じつに語調が豊かで緊張感があり、胸を打つ名歌です。この前にはまた長歌があり、日本の国には多くの人がいるけれど、ただあなたの目を恋しいと思うという内容のものです。

「しきしまの」は大和にかかる枕詞ですが、やがては日本の国そのものを指すようになりました。「この大和の国に、もし好きなあなたが二人おられると思うならば、どうして歎くことがありましょうか」。あなた一人しかいないから、こうして歎くのです、という気持ちがあとに続きます。「何か嘆かむ」という緊張した句が高い香りを放っています。

馬買《うまか》はば妹徒歩《いもかち》ならむ　よしゑやし石は踏《ふ》むとも我《あ》は二人行かむ

十三・三三一七

ある妻の長歌に曰く、皆が馬で行く山道を、夫は徒歩で行っているのが辛くて泣けてくる、私の大切にしていた母の形見の鏡を売って馬を買ってください、と夫に告げるのでした。その反歌がこの歌で、夫が妻に返しているのです。「馬を買えば、自分は馬に乗れても、妻は歩いていくことになるだろう。ええ、どうともなれ、たとえ石ころを踏みながらでも二人で歩いていこうじゃないか」というのです。なんと愛情あふれた夫婦でありましょう。「よしゑやし」は、「ええ、ままよ」という口調のままを句にしたもの。土着の庶民の哀しく、そして明るい声。忘れえぬ歌です。

○

相聞歌の章の最後は、狭野茅上娘子《さののちがみのおとめ》とその夫、中臣朝臣宅守《なかとみのあそみやかもり》との間の贈答歌です。相聞の極限とも言えるようなこれらの歌は、巻十五の巻末に六十三首もの大連作として記されています。中臣朝臣宅守は、狭野茅上娘子と結婚した直後に罪を得て、越前の国に流罪《るざい》となりました。夫婦は別れ別れとなり、会うことのできない苦しみのなかで、慟哭《どうこく》の心を述べて歌を贈答したことが、巻頭の目録に記されています。まず、狭野茅上娘子の歌のなかから数首を選びました。

狭野茅上娘子《さののちがみのおとめ》

君が行く道の長手《ながて》を繰《く》りたたね焼き滅《ほろ》ぼさむ天《あめ》の火もがも

十五・三七二四

天地《あめつち》の極《そこひ》の裡《うら》に我《あ》がごとく君に恋ふらむ人はさねあらじ

十五・三七五〇

白妙《しろたへ》のあが下衣《したごろも》失はず持てれわが背子《せこ》直《ただ》に逢《あ》ふまでに

十五・三七五一

逢はむ日の形見《かたみ》にせよと手弱女《たわやめ》の思ひ乱れて縫《ぬ》へる衣《ころも》そ

十五・三七五三

帰りける人来《き》たれりと言ひしかばほとほと死にき君かと思ひて

十五・三七七二

一首目、万葉集の相聞歌を代表する有名な歌です。「あなたが流されていく長い道のりを、手繰《たぐ》り寄せて折りたたみ、全て焼き尽くしてしまうような天の火があってほしいものよ」と、別れて遠くへ行く人を引き戻さずにはおかないという、愛の祈りが炎となって激しく燃えさかるようです。道を手繰り寄せて畳んで焼くという、現実にはありえない発想、また、ひと息に詠んで「天の火もがも」と結ぶ言語の圧倒的な力に驚くばかりです。

二首目、「天地の極み、その果てまでのあいだでも、私ほどあなたに恋している人は、まことにけっしてないでしょう」と、心が痛むほどの強い調子で、ゆるがぬ愛を夫に捧げています。そこまで愛しているのに、別れなければならない悲痛に耐えていくのでした。

三首目、「真っ白な私の下につける衣を、失うことのないようしっかり持っていてくださいい、わたしの大切なあなたよ、実際にまた逢うその日まで」と夫に告げるのですが、下衣をお互いに交換するのは古代の男女の風習で、愛の絶えることのないのを誓ったのでありましょう。さらに、その衣は「いつかまた逢う日のために私の形見として持っていてほしいと、か弱い女性の私があなたのことを思い、心乱れながら縫った衣ですよ」とたたみかけているのが、四首目です。夫の無事を念じて、涙ながらに震える手で衣を縫っている娘子《おとめ》の姿を彷彿《ほうふつ》とさせます。

五首目、罪を許されて夫が故郷に帰国したという噂が立ったのでしょう。「帰ってきた人がやって来ると皆が言ったので、ほとんど死んでしまったことよ、あなたのこと思って」と死ぬほどに喜ぶのですが、それもつかの間で、実際に帰国したのは別の人でした。かくて再び、いつとも知れない夫の帰りを待つ日が続くのでした。「ほとほと死にき」という句に、卒倒しそうなほどの嬉しさがよく表わされています。

続いて、これらの歌に応えた中臣朝臣宅守の歌です。

中臣朝臣宅守《なかとみのあそみやかもり》

塵泥《ちりひぢ》の数《かず》にもあらぬ我ゆゑに 思ひ侘《わ》ぶらむ妹《いも》がかなしさ

十五・三七二七

思ひつつ寝《ぬ》ればかもとな ぬばたまの一夜《ひとよ》もおちず夢《ゆめ》にし見ゆる

十五・三七三八

逢《あ》はむ日をその日と知らず常闇《とこやみ》にいづれの日まで我《あれ》恋ひ居《お》らむ
十五・三七四二

恋《こ》ひ死なば恋ひも死ねとや ほととぎす物《も》思ふ時に来《き》鳴き響《とよ》むる
十五・三七八〇

一首目、「塵や泥のように、数にも入らぬ私のために、こんなにも思い悩んでいる妻の悲しいことよ」と、罪を得て流される身分の低い自分であるのに、慕ってやまない新妻を心から労《いた》わっています。「かなしさ」は哀しさでもあり、また愛《かな》しさでもありましょう。

二首目、「もとな」は「しきりに、わけもなく」の意。「ぬばたまの」は夜や闇にかかる枕詞。「妻のことを思いながら寝ているからであろう、真っ暗な毎夜を一夜も欠かすことなく、わけもなく妻が夢に見えることよ」と、その辛さ、哀しさを便りに詠っています。

三首目、「また逢える日がいつということも知らないで、常に心は闇に閉ざされていて、いつの日まで私は恋し続けるのであろうか」と、果てしない悲しみに沈んでいます。

四首目、流刑地《るけいち》にあってホトトギスの声を聞きながら、宅守は六首の歌を詠んでいます。その激しく鳴く声に和して、「もし恋に死ぬのであれば、恋に死ねといいたいのか、ほととぎすよ。さまざまに妻を思っているときに、来て鳴き声を響かせている」と、命を削るように妻を思いわずらうのでした。

二人の悲恋《ひれん》のゆくえは、その後分かっていません。

第四章 挽歌

およそ人間にとって、人生でもっとも恐れるものの一つは死でありましょう。それは昔も今も変わらない人間の心情であり、万葉集の歌人たちもまた死を恐れていました。それに何より、亡くなった人との永遠の別れは、この世のもっとも悲しいできごとでした。死はまた時に忌むものでもあり、肉体は死をむかえても、その霊魂のあることを信じ、人々は畏《おそ》れ祀《まつ》りました。死者を悼《いた》み、その霊魂を慰めるために作られたのが挽歌《ばんか》です。死者の柩《ひつぎ》を車に乗せて挽《ひ》いていくことから、挽歌と呼びました。万葉集のなかでもことに悲しみに満ち、荘重に詠まれた挽歌の名作を味わってまいりましょう。

磐代《いはしろ》の浜松が枝《え》を引き結び　ま幸《さき》くあらばまた還《かへ》り見む

有間皇子《ありまのみこ》

二・一四一

家にあれば笥《け》に盛る飯《いひ》を 草枕旅にしあれば 椎《しひ》の葉に盛る

二・一四二

有間皇子は第三十六代の孝徳《こうとく》天皇の皇子であり、その悲劇的な人生は日本書紀に詳しく記されています。斉明《さいめい》天皇がその御子 中大兄皇子《なかのおおえのおうじ》らと紀の湯（和歌山県白浜）に滞在しておられた間に、皇子は蘇我赤兄《そがのあかえ》にそそのかされ、その讒言《ざんげん》によって謀反《むほん》の罪に問われました。護送されて中大兄皇子の取り調べを受けたとき、「天と赤兄と知る」、自分はまったく知らない、と答えたことは、古代の悲話として有名です。皇子はその帰り道に、藤白坂《ふじしろのさか》（海南市藤白）の地で殺害されました（六五八年）。わずか十九歳の短い生涯でした。

ここに挙げた歌には、「有間皇子の自《みずか》ら傷《いた》みて松《まつ》が枝《え》を結ぶ歌二首」の題がついており、万葉集の挽歌の筆頭に掲げてあります。一首目は護送されていく途中、磐代（紀伊半島の西岸）の浜辺で松の枝を結んで無事を祈られた歌。松の枝と枝を引き結ぶのは、旅の幸を願うまじない。「ま幸きくあらばまた還り見む」は、もし幸いにも無事であったなら、またここに帰ってきて松を見よう、との意です。生きて再び帰ることができるか、その厳しい運命を覚りつつも、一縷《いちる》の希望に生きる皇子。あるがままの情景と心が素直に詠まれていて、しかも情趣深く、古来名歌とされてきました。

二首目、「笥《け》」は食事を盛る丸い器、「草枕」は「旅」の枕詞。「家にいるときは器に盛って食べていた飯を、旅にある今は椎の葉に盛って食べている」というのですが、椎の葉に盛るというのは神々へのお供えの意味があり、無事を祈る所作と伝えられています。淡々と食事のことを詠んでいるだけに見えますが、歌の背景には、苦難の旅にあって祈りを捧げる悲しみが湛えられています。この事件に対する当時の人々の哀惜の念は深く、万葉集には皇子追悼の歌がいくつも収められています。なおこの二首は、有間皇子自身の作ですが、万葉集では挽歌として分類されました。

山吹《やまぶき》の立ちよそひたる山清水《やましみず》汲《く》みに行かめど道の知らなく

高市皇子《たけちのみこ》

二・一五八

有馬皇子の事件があった後、天智天皇は近江に都を遷されましたが、やがて崩御。皇継《こうけい》をめぐって大友皇子《おおとものおうじ》と大海人皇子《おおあまのおうじ》（後の天武天皇）との間でついに壬申《じんしん》の乱が勃《ぼっ》発《ぱつ》（六七二年）しましたが、天武《てんむ》天皇が勝利して天下を治められました。十市皇女《といちのひめみこ》は大友皇子の妃でしたが、父は天武天皇、母は額田王《ぬかたのおおきみ》であり、十市皇女にとって壬申の乱は夫と父との間の争乱だったのです。その皇女は乱後約七年にして急に亡くなり、宮中には衝撃が起こりましたが、その死を悼《いた》んで、異母弟であり壬申の乱の英雄でもあった高市皇子が作った長歌の反歌がここに挙げた歌です。歌の意は、「山吹の花が美しく装いをしている山の清水を汲みにいこうとするけれど、清水への道を自分は知らないでいる……」と皇女を清水にたとえているのですが、「道の知らなく」と、後ろに意をふくんで終わるその空虚感。あの美しかった十市皇女はどこへ行ってしまったのか、どこを捜《さが》せばいいのか、という高市皇子の嘆きの声が空しく消えていくようで、山吹の花にことよせた哀切の調べが胸を打ちます。

我が背子《せこ》を大和へ遣《や》ると さ夜更《ふ》けて 暁《あかとき》露に我が立ち濡《ぬ》れし

大伯皇女《おおくのひめみこ》

二・一〇五

二人ゆけど行き過ぎがたき秋山を いかでか君が独《ひと》り越ゆらむ

二・一〇六

大津皇子《おおつのみこ》と大伯皇女は、父が天武天皇、母は天智天皇の娘である大田皇女《おおたのひめみこ》という実の姉弟でした。大津皇子は文武に秀《ひい》でて漢詩の名手であり、将来を期待された人物でしたが、天武天皇崩御の後、謀反《むほん》を企てたという容疑がかけられ、一味とともに捕らえられて死を賜《たまわ》りました（六八六年）。

捕らえられる前、皇子は伊勢を訪ねて齋宮《いつきのみや》（伊勢神宮に奉仕した未婚の皇女）であった姉、大伯皇女とひそかに会いました。すでに死を覚悟していたと思われます。一首目は、夜も更けて明け方も近い頃、大和に帰る皇子を見送る大伯皇女が詠んだ歌です。「私の大事な弟を大和に帰そうとして見送りに立ちつくしていると、夜は更《ふ》けて暁に近い露にすっかり濡れてしまったことだ」というのです。愛する弟との別れを惜しむ切実な思いが、静かな調べとなってひたひたと押し寄せてきます。露はまた大伯皇女の涙のしずくでもあったことでしょう。

二首目はこれに続く連作で、「姉と弟、二人で越えようとしても行き過ぎることの難しいこの秋の山を、どのようにして弟は独りで越えてゆこうとするのか」と、夜更けの暗い山を見上げるのですが、寒さもせまる秋の夜の山道は、険しい人生の山道でもあります。大きな不安におののきながら弟を見送る姉の嘆きが、切々とせまってくるようです。

百伝《ももづた》ふ磐余《いはれ》の池に鳴く鴨《かも》を　今日のみ見てや　雲隠《くもがく》りなむ
大津皇子《おおつのみこ》

三・四一六

この歌の題に、大津皇子が死を賜ったときに「磐余《いわれ》の池の堤《つつみ》にて流涕《かなし》みよみませる御歌」と記されています。磐余の池は、香具山《かぐやま》の近くにあったとされる小さな池。「百伝ふ」は、次の「い」にかかる枕詞とされますが、その意味は不詳です。「雲隠る」とは亡くなるさま。歌は「磐余の池に鳴いている鴨を、今日ばかり見て、自分はこの世を去っていくのであろうか」との意ですが、かつては人望も度量もあった大津皇子が、時移り今では、池の堤に立ってひとり涙を流すのでした。かくて処刑されたとき、皇子は二十四歳。妃であった山辺皇女《やまべのひめみこ》は皇子を追い、髪を乱し裸足で走って殉死《じゅんし》し、これを知った人たちがみな泣いたと、日本書紀の記録に残っています。歌人吉野秀雄は、著作『万葉の詩情』の末尾にこの歌を載せ、「これは私は万葉集の絶唱《ぜっしょう》だと思っております」と記しています。

うつそみの人なる我や　明日《あす》よりは二上山《ふたがみやま》を弟世《いろせ》と我《あ》が見む

大伯皇女《おおくのひめみこ》

二・一六五

弟である大津皇子の薨去《こうきょ》の知らせを受けて、姉大伯皇女はどれほど驚愕《きょうがく》し悲しみにくれたことか。大伯皇女は伊勢の齋宮を出て、大和《やまと》の京《みやこ》に上《のぼ》ったのですが、大津皇子の遺骸《いがい》が葛城《かずらき》の二上山《ふたがみやま》に移され葬《はふ》られたとき、悲しみに耐えずに詠んだのが、この歌です。歌の意は、「この世に自分は現実に生きているのか、明日からは二上山をわたしの大切な弟として、見ることにしよう」と呆然《ぼうぜん》としながら、まるで夢見るように二上山を遠く眺める日を送るのでした。二上山は大和平野の西にあり、その名の通り二つの峰が望まれます。二つの峰は、あたかも二人の姉弟の魂が眠っているかのごとく、今日《こんにち》も大和平野を見下ろしています。以上、ここに挙げた一連の姉弟の歌は、万葉集、そして古代日本の悲劇的な歴史を生きた人々の心を代表する、永遠の挽歌とも申せましょう。

北山《きたやま》につらなる雲の青雲《あをくも》の星離《さか》りゆき月も離《さか》りて

持統《じとう》天皇

二・一六一

天武天皇の崩御のとき（六八六年）に、この後持統《じとう》天皇となられる皇后の詠まれた御歌です。この歌はその読み方も解釈もさまざまで、一見して不思議な歌ですが、悲しみに満ちた荘重な調べによって秀歌とされてきました。「北山」とは、宮中の北の山科《やましな》に天武天皇の御陵があったからでしょう。青雲とは蒼《あお》い天、青空の意ですが、ここではうっすらと雲のかかる晴天の夜空でしょうか。「御陵を望む北の山につらなっている雲、夜空の雲が星から離れていく、月からも離れて去っていく……」というように、解釈できるかと思われます。歌の最後は「月も離りて」と余韻をのこしており、夢か幻のように、ゆっくりと星や月から離れてゆく雲の影を印象づけています。雲が天武天皇、星や月は、あとに残された人々でしょうか。夫である天皇を亡くした皇后のどうしようもない悲しみが、夜空の景色と一つになり、ほのかな光にゆらぐような歌です。

ひさかたの天《あめ》見るごとく仰ぎ見し皇子《みこ》の御門《みかど》の荒れまく惜《お》しも

柿本人麻呂《かきのもとのひとまろ》

二・一六八

あかねさす日は照らせれど ぬばたまの夜渡《よわた》る月の隠《かく》らく惜しも

二・一六九

持統《じとう》天皇の三年（六八九）、皇太子であった日並皇子《ひなみしのみこ》（草壁皇子《くさかべのみこ》）が薨去《こうきょ》されました。夫である天武天皇に続いて、わが子日並皇子をなくした持統天皇の嘆きはどれほど大きかったことでしょう。将来は天皇になられることを期待されていた日並皇子の葬送に際して、柿本人麻呂は長文の挽歌を奉じましたが、その反歌二首がここに掲げたもの。

一首目、「ひさかたの」は天や日、光などにかかる枕詞、「御門」は宮殿の意です。

「この広い天を見るように、仰ぎ見ていた日並皇子の宮殿は、皇子を訪れる人もなく荒れていく、そのことがなんと残念で悲しいことか」ということでしょう。

二首目、「あかねさす」は、日や紫、君にかかる枕詞、「ぬばたまの」は夜や髪にかかる枕詞です。「あかねのように日は照らすけれど、真っ暗な夜を渡っていく月は隠れてしまった、そのことが惜しまれてならない」というのですが、ここで照る日は持統天皇、隠れる月は日並皇子のことを指すと思われます。一首目は「ひさかたの」に始まって「荒れまく惜しも」と結び、二首目は「あかねさす」に始まって「隠らく惜しも」と同じ語で結び、繰り返す大きなうねりの中で、全体は悲しみをたたえた静かな調べで統一されています。

人麻呂の挽歌に続いて、日並皇子の薨去を悼《いた》む舎人《とねり》らの歌二十三首が載せられていますが、皇子を慕う人々の呆然としたさまがよく表されています。

さて人麻呂はこのあとに続いて、明日香皇女《あすかのひめみこ》の薨去、そして高市皇子の薨去の際にも挽歌を詠んでおり、いずれも哀悼の情のあふれる名歌ですが、ことに高市皇子への挽歌は万葉集最長の長歌であり、壮大な叙事詩《じょじ》をなしています。江戸時代の国学者《こくがくしゃ》賀茂《もの》真淵《まぶち》は、晩年の著『新学《にいまなび》』のなかで、万葉集の雄渾《ゆうこん》な調べを「ますらをの手振り」と呼び、とくに人麻呂の歌を「勢《いきお》ひはみ空行く龍《たつ》の如く、言は海潮《うなしほ》の湧《わ》くが如し」と絶賛しましたが、これら人麻呂の挽歌群から得た感動が賛嘆の言葉となったものでしょう。

柿本人麻呂《かきのもとのひとまろ》

秋山の紅葉《もみじ》を茂《しげ》みまどはせる妹《いも》をもとめむ山道《やまぢ》知らずも
二・二〇八

去年《こぞ》見てし秋の月夜《つくよ》は照らせども　相見《あいみ》し妹《いも》はいや年さかる
二・二一一

衾道《ふすまぢ》を引手《ひきて》の山に妹をおきて　山道《やまぢ》を行けば生《い》けりともなし
二・二一二

家に来て我が屋《や》を見れば　玉床《たまどこ》の外《よそ》に向きけり妹が木枕《こまくら》
二・二一六

小さな子を残して妻が急に亡くなったとき、血もにじむような慟哭《どうこく》のなかで詠んだという人麻呂の挽歌群が残されています。これらを読めば、人麻呂という万葉集を代表する「ますらを」の雄叫《おたけ》びが、荘重な調べとなって胸にせまってきます。ここに挙げた四首はその反歌ですが、声に出して味わって読むとき、人麻呂の心が千年の時を超えて読者の心を震わせるでありましょう。

一首目、「秋の山の紅葉が茂っているので、どこかにさ迷っているわが妻の行方を求めようにも、その山中の道を知らないことだ」との意ですが、古代の人々は、亡くなった人の魂は山のなかに隠れていったと感じていたのでしょう。秋山を見つめつつ、人麻呂は死んでしまった妻の行方を追うのでした。

二首目、「去年、妻とともに仰いだ秋の月夜、その月の光は今晩も照らしているけれど、月の光のなかで互いに見つめあった妻は、年とともにいよいよ離れていってしまうのだ」という無限の悲しみを詠んでいます。

三首目、「衾道を」は、衾を手で引くことから、「引手の山」にかかる枕詞と思われます。引手の山は、不詳ですが奈良盆地の天理に近い山か。「引手の山に妻を残し置いたまま、山道をたどっていくと、自分は生きているのかも分からない心地がすることだ」との意です。妻の亡骸《なきがら》を引手の山に埋葬しての帰りだったのでしょうか。死んでしまったということが信じられず、虚《うつ》ろな心のままに山を過ぎていく人麻呂の姿が哀れです。

四首目、葬送を終えて自分の家に帰って詠んだ歌。「家に帰ってきて家のなかの様子を見ると、亡き妻が寝ていた（玉のような）床《とこ》から、あらぬ方に向いていたことよ、妻の木枕が」というのですが、下二句の描写が真に迫り、常の位置から動いていた妻の形見の木枕の様子から、ほんの先ほどまで生きていた妻の姿が幻のように浮かんでくるような歌です。現実のなかに人生の悲しみを見つめる人麻呂の深い精神性を感じさせます。

高円《たかまど》の野辺《のべ》の秋萩《あきはぎ》いたづらに咲きか散るらむ見る人なしに

笠金村《かさのかなむら》

二・二三一

霊亀《れいき》元年（七一五）、志貴皇子《しきのみこ》が薨去《こうきょ》されたとき笠金村が詠んだ挽歌のうちの反歌です。高円は志貴皇子の別邸があった処で、ここで亡くなったのでしょう。「高円の野辺に咲いた秋萩は、空しく咲いて散っていくのであろうか、その花を見る人もないままに」の意。長歌は金村の息遣いまで聞こえるような切迫感がありますが、反歌では志貴皇子を萩の花にたとえて、見る人もないまま亡くなっていかれた皇子の悲しみを格調高く詠《うた》っています。

かくのみにありけるものを萩の花咲きてありやと問《と》ひし君はも
余明軍《よのみょうぐん》
三・四五五

君に恋ひいたもすべなみ葦鶴《あしたづ》の哭《ね》のみし泣かゆ朝夕《あさよひ》にして
三・四五六

大伴旅人《おおとものたびと》が天平三年（七三一）秋に亡くなったとき、仕えていた余明軍（伝不詳）が悲しみに打ち沈んで詠んだ五首のうちの二首です。一首目、「かくのみにありける

ものを」の意味がとりにくいところですが、主人である旅人は亡くなるという運命で
しかなかったのに、ということでしょう。萩の花を見ることはできない定めであった
のに、萩の花は咲いているだろうかとお尋ねになったあなたよ、と主人の死を惜しん
でいます。
　二首目、「いたもすべなみ」は、本当にどうしようもなくて、の意。「葦鶴の」は
「泣く」にかかる枕詞。「あなたが恋しくてどうしようもないので、ひたすら泣いてば
かりいる、朝となく夕となくいつも」と心から嘆いています。これらの歌では、他の
歌の句と同類のものがあり、一首目結句は古事記の弟橘媛命《おとたちばなひめのみこと》、二首目一、二句は
既出の笠女郎《かさのいらつめ》の歌と同じですが、真情があふれているために、心を打つ歌となって
います。余明軍は渡来人《とらいじん》でしょうが、よくぞここまで大和言葉を学び、これほどの歌
を詠んだものかと感心します。

大伴家持《おおとものやかもち》

今よりは秋風寒く吹きなむを　いかでか独り長き夜を寝む

三・四六二

秋さらば見つつ偲《しの》へと妹が植ゑし屋戸《やど》の石竹《なでしこ》咲きにけるかも

三・四六四

昔こそ外《よそ》にも見しか　我妹子《わぎもこ》が奥津城《おくつき》と思《も》へば愛《は》しき佐保山《さほやま》

三・四七四

天平十一年（七三九）の夏、大伴家持の側妻《そくさい》が亡くなりました。家持二十一歳の頃かと思われます。この後の月日にわたって、悲しみのうちに詠んだ歌十三首が続きますが、家持がどれほどこの女性を愛していたかが偲ばれます。

一首目、「夏もすぎてこれからは秋風が寒く吹くであろうに、どのようにして独りで長い夜を寝ればよいのか」。孤独の夜を過ごす家持の心のなかにも、秋の風が吹き渡るようです。

二首目、前に続いて、砌《みぎり》（軒下の雨水を流す溝）の傍《かたわ》らに咲く撫子《なでしこ》の花を見て詠んだ歌。「秋になったなら、咲く花を見て思い出してください、と恋しい妹が植えたこの家の石竹《なでしこ》に、ああ、花が咲きましたよ」。その女性は、自分の死を覚悟して花の苗を植えたのでしょう。その健気《けなげ》な人柄と、女性を恋しく偲ぶ家持の優しさがしみじみと胸に伝わってきます。

三首目は、妹が亡くなって一月以上経《た》ったあと、悲しみのやむことがなく詠んだ歌の一つです。奥津城は墓所、佐保山は奈良北部の丘陵《きゅうりょう》。「昔こそはとくに興味もなく見ていたのだけれど、私の愛した妹の奥津城のあるところと思うと、いとしくて心が惹《ひ》かれてならないのだ、あの佐保山は」という意です。愛する人とかかわりがあるものなら、山にも川にもどんなものにも、そこに息づく命と懐かしさを感じてきたのが日本人の心でありました。

秋津野《あきつの》に朝ゐる雲の失せゆけば 昨日も今日も亡き人念《おも》ほゆ

七・一四〇六

福《さきはひ》のいかなる人か 黒髪の白くなるまで妹が声を聞く

七・一四一一

吾背子《わがせこ》を何処《いづく》行かめとさき竹の背向《そがひ》に宿《ね》しく 今し悔《くや》しも

七・一四一二

巻七に収められた作者不詳の挽歌群から三首を選びました。

一首目、秋津野は吉野や熊野付近とのことで、朝霧が立ち込める盆地かと思われます。昔の人々は、雲や霧に人の魂が宿ると感じていました。「秋津野に朝は立ち込めていた雲や霧がやがて消えていくと、昨日も今日も亡くなったあの方のことが思われる」という歌で、すなおで優しい言葉の調べのなかに、真実の心が感じられます。

二首目は、若くして妻を亡くした男の歌です。福とは、命永らえて幸せに生きること。「福を得ることができるのはどんな人であろう、その人は黒髪が白くなるほどに年を取っても、妻の声を聞くのだ」と、もはや妻の声を聞くことができない境遇を嘆いています。声を聞くという、それだけのことがどれほど幸せなことか。ともに白髪の生えるまで生きることの尊さを感じさせてくれる歌です。

三首目は、夫を急になくした妻の歌でしょう。「さき竹の背向」とは、竹の先の方がたわんでいるように、背を向けて後ろ向きに寝ている姿。「あの私の夫は、どこにも行かないだろうと思って、背中を向けて寝ていた、そのことが今になって悔しくてならない」というのですが、どうして最期まで共に向き合っていなかったかと、夫を独り寂しく往かせてしまったことを後悔するのでした。素朴な庶民の妻の、悲嘆の泣き声が聞こえるようです。

黄葉《もみじば》の過ぎにし子らと携《たづさ》はり遊びし磯を見れば悲しも

九・一七九六

柿本人麻呂《かきのもとのひとまろ》歌集にある挽歌です。「黄葉の」は「過ぐ」の枕詞、「過ぐ」とは命が過ぎ去っていくことです。「子ら」は可愛い女性で、「ら」は接尾語。「黄葉が落ちるように死んでしまったあの娘と、手をとり合って遊んだ磯を眺めると、悲しくてならない」。言葉の一つ一つが充実しており、哀感《あいかん》が沁《し》みわたるような調べです。

勝鹿《かつしか》の真間《まま》の井《ゐ》を見れば立ち平《なら》し水汲《く》ましけむ手児名《てこな》し思ほゆ

高橋虫麻呂《たかはしのむしまろ》

九・一八〇八

勝鹿は今の東京の葛飾《かつしか》。そこには伝説ともなった世にも美しい手児名という女性がおり、多くの男が声をかけたのですが、何があったのか、手児名は波騒ぐ海で亡くなってしまったのです。手児名を詠んだ長歌がいくつもあるなかで、虫麻呂の歌はことに哀情にあふれており、この歌はその反歌。真間とは、もとは崖のことですが地名かもしれません。井は、湧き出る泉の意。「勝鹿の真間の辺の泉を見ると、そこに通っては何度も立って水を汲んでいたという手児名のことが思われてならない」というのです。巻九の最後には、このように若くして亡くなった娘たちへの挽歌群があり、万葉時代の男たちの涙を誘ったのでありましょう。

真幸《まさき》くと言ひてしものを 白雲《しらくも》に立ちたなびくと聞けば悲しも

大伴家持《おおとものやかもち》

十七・三九五八

かからむとかねて知りせば越《こし》の海の荒磯《ありそ》の波も見せましものを

十七・三九五九

天平十八年（七四六）の秋、越中（今の富山）の守《かみ》として任官したばかりの家持のもとに、思いがけない悲しい報《しら》せが届きました。それは仲の良かった弟書持《ふみもち》の突然の死去の報せでした。家持は家に閉じこもって「長逝《ちょうせい》せる弟を哀傷《かな》しぶる歌」の題の情愛のこもった長歌、およびここに挙げた反歌二首を詠みました。

第一首目、「まさきく」とは、無事で幸せであってほしいとの祈り。「白雲」とは、亡くなった人の魂の姿、あるいは火葬の煙を白雲に譬《たと》えたのでしょう。歌の大意は、「互いに無事で元気であろうよ、と言って別れたものを、弟は白雲となって故郷の上に立ってたなびいていると聞いて、悲しくてならない」ということでしょう。書持は、越中に旅立つ兄を見送るため、奈良山を越えて馬で送ってくれ、また会う日を約束して別れたばかりでした。

二首目、「こんなことがあると、あらかじめ分かっていたのなら、越中の海の荒磯の波を見せたかったのになあ」と、まだまだ弟と一緒に過ごしたかった思いを歌にしたのでした。草花が好きだったという優しい心の書持は、家持にとってはかけがえのない弟だったのでしょう。傷心の家持はその後、冬を迎えて死を覚悟するほどの長い病臥《びょうが》の日々を送ったことを、万葉集は伝えています。

第五章

旅の歌、別れの歌

万葉集には旅に出て詠《よ》まれた歌が数多くあり、「羇旅《きりょ》の歌」とも呼ばれていました。万葉集の時代の旅といえば、今日《こんにち》のような観光や物見遊山のものではなく、何らかの仕事上の役割をもった旅がほとんどで、なかには天皇行幸《ぎょうこう》に供奉《ぐぶ》する旅もありました。当時は現代のような交通手段は全くなかったので、山野をひたすら歩き、海を渡るときには手漕ぎの船で行くしかありませんでした。宿もなく、野宿をすることも多かったでしょう。それに今のように簡単に家族と連絡をとる手段もありません。したがって当時の人々にとっての長旅は危険をともない、時に命がけの旅でもありました。ですから旅に出るということは、家族や愛する人々との別れでもあり、故郷との別れともなったのです。別れを惜しむ歌、はるかに故郷を恋しく思う歌など、万葉集の旅の歌は、悲しみに満ちています。

なお万葉集にはその土地の名前がよく出てきます（延べ約二千九百首に掲載されているとのこと）が、地名には当時の人々の生活体験からにじみ出た思いや魂がこもっていました。それぞれの土地には神々や地霊《ちれい》がいると信じられていましたので、歌には時に霊鎮めの祈りの心がこめられています。歌を鑑賞するときには、当時の人々の生活と土地との結びつきを振り返ることによって、共感の世界がさらに広がることでしょう。

三輪山《みわやま》をしかも隠すか 雲だにも情《こころ》あらなも 隠《かく》さふべしや

額田王《ぬかたのおおきみ》

一・一八

天智《てんじ》天皇六年（六六七）、都を近江《おうみ》に遷《うつ》すこととなり、人々は大和に別れを告げ、多くの荷物とともに遠く近江の地に足を運びました。当時ですから大変な旅であったことと思われます。恋しい大和との別れにのぞんで、額田王が詠んだ長歌の反歌が、ここに挙げた歌です。三輪山は大和平野の南西にあり、古来、大物主神《おおものぬしのかみ》を祀《まつ》る山として信仰されてきました。額田王にとっても朝晩眺めた忘れがたい山であったことでしょう。いよいよ奈良盆地から山をこえて北の山城に道をたどるとき、三輪山の姿が見えなくなる、その悲しみを歌に詠みました。「三輪山を雲までもそのようにして隠すのか。せめて雲だけでも情《なさけ》があってほしい、どうして隠してよいものだろうか」と、雲に隠れてゆく三輪山に心を引かれながら、大和の国を去っていったのでした。上二句、続く二句と流れは途切れつつ、最後に「雲よ、隠さないで見せておくれ」との思いで結んでおり、額田王の声がそのまま投影されたような歌です。

わが背子《せこ》はいづく行くらむ奥《おき》つもの名張《なばり》の山を今日か越ゆらむ
当麻麻呂妻《たぎまのまろがめ》
一・四三

当麻麻呂についてはよく分かっていませんが、おそらく持統天皇の伊勢行幸の折に従者として供をしたらしく、このときに妻が詠んだ歌です。名張の山は伊賀から伊勢へ行く途中にあり、「おきつもの」は名張の枕詞《まくらことば》。私の夫は今頃どこを行っているのだろう、名張の山を今日越えるのであろうか、と案じている妻の歌です。二句目で「らむ」と区切り、最後も「らむ」と二度結んでいますが、その律動によって不安な気持ちとともに、夫の無事を祈る心がよく表れています。素朴で真情のこもった歌として古来、好まれてきました。

引馬野《ひくまの》ににほふ榛原《はりはら》いり乱《みだ》り衣《ころも》にほはせ旅のしるしに

長奥麿《ながのおきまろ》

一・五七

持統天皇の三河《みかわ》への行幸に従った折の歌で、時は陰暦十月とされています。引馬野は三河の国にありますが、場所は確定し難いとのこと。この歌では、榛原とは萩のことか、また匂うのは花なのか、黄葉なのかと色々の説がありますが、ここでは萩の花とします。萩の原をかき分けて歩いていくと、花が衣を染めて薫《かお》るらしく、「引馬野に美しく咲く萩の原が乱れるほどにみなで歩いていって、衣を萩で染めようではないか、旅の記念に」という意と思われます。萩の野原をゆく旅の様子が、流麗《りゅうれい》な調べで詠まれています。

淡路《あわじ》の野島《のじま》の崎の浜風に 妹《いも》が結べる紐《ひも》吹き返す

柿本人麻呂《かきのもとのひとまろ》

三・二五一

燭火《ともしび》の明石大門《あかしおほと》に入らむ日や　榜《こ》ぎ別れなむ家のあたり見ず

三・二五四

天離《あまざか》る夷《ひな》の長道《ながち》ゆ恋ひ来れば　明石の門《と》より大和島《やまとしま》見ゆ

三・二五五

瀬戸内海を行った柿本人麻呂の羈旅《たび》の歌として有名な連作短歌八首のうち、三首をここに挙げました。人麻呂は難波《なにわ》、今の大阪を船出して淡路島の野島崎の方に向かっていました。大和に妻を残して旅に出たのですが、大和に向かう山地の影は波の向こうにだんだん見えなくなる。海上を吹き渡る風は強さを増していきます。このときの歌が一首目です。

「野島の崎の浜風によって、妻が結んでくれた衣《ころも》の紐が吹き返されている」と、情景のままに詠んでいるのですが、その紐とは何でしょうか。古代にあっては旅に出るとき、夫の無事を祈って、また私のことを忘れないでほしいという願いをこめて、妻が夫の衣に巻いた紐をしっかりと結んでいました。その紐が風になびくのを見て、人麻呂は別れてきた妻を恋しく思い出しているのです。恋しいというような情感を表す言葉は一切使ってはいないのですが、恋しさに耐えている心が感じられてきます。なお初句が四音と一音足りませんが、上代の歌謡でしばしばみられるリズムで、人麻呂はあえて四音としたのでしょう。

船はやがて本州の播磨《はりま》と淡路《あわじ》島の間の明石大門にかかってきますが、門とは海峡をさし、潮の流れが速くなるところ。難所でもあり、またこれを過ぎると都は遠く離れて視界から見えなくなってしまいます。そこで詠まれたのが二首目で、「ともし火の」は明石の枕詞。歌の意は、「いよいよ明石の大きな海峡に入ってゆく日に、船を漕《こ》ぎながら別れてしまうのであろうか、大和の国の家の辺《あた》りを遠く離れて見ることができないで」ということでしょう。ここも感情的な言葉は使わず、情景を淡々と詠んでいるのですが、ことに四句で区切ったあとに結句を八音で強く「家のあたり見ず」と詠《うた》うその調べに、故郷を別れいく嘆きが深くせまってきます。斎藤茂吉《もきち》は名著『万葉秀歌』のなかで、「歌柄の極めて大きいもので、その点では万葉集中まれな歌の一つであろう」と記しています。

三首目の歌は、人麻呂が地方から大和に帰る途上に、瀬戸内海で詠んだものでしょう。「天離る」は「夷」にかかる枕詞で、空遠くずっと離れたという感じがあります。夷は都を離れた土地の意。「都を遠く離れた夷の地から、はるばると長い道のりを都のことを恋しく思いながらやってくると、明石の海峡から、あこがれていた大和の島山が遠くに見えることよ」という心でありましょう。二首目では明石の門で都と別れていく悲しさを詠っていますが、この歌では同じ明石の門から、海のかなたに懐かしい大和の山が見えてくるのです。三句目まではゆったりとし、四、五句で歌の律動はぐっと高まります。命あって、ようやく旅路から故郷へ帰ることが叶《かな》ったときの、湧き上がってくる喜びが朗々《ろうろう》と詠まれた名歌であり、ことに「大和島見ゆ」という結句の調べは宏大です。

次の歌もまた、柿本人麻呂が筑紫《つくし》の国に下るときに海路で詠んだもので、前出の連作とは別の折かもしれません。

名ぐはしき印南《いなみ》の海《うみ》の沖《おき》つ波《なみ》千重《ちえ》に隠りぬ 大和島根《やまとしまね》は

三・三〇三

大君《おおきみ》の遠《とを》の朝廷《みかど》と あり通《かよ》ふ島門《しまと》を見れば 神代《かみよ》し思ほゆ

三・三〇四

一首目、「名ぐはしき」は、その名も美しいという意。印南は播磨灘に面した兵庫県南部の海辺で、歌にも詠まれた畿内の西の玄関口です。人麻呂たち一行は、印南の沖に出てこれから遠く筑紫に向かって行くのでしょうが、後ろを振り返れば、沖の波また波のはるかに、大和の島山の影は隠れてしまった、とその感慨を詠んでいます。沖の波が幾重にも遠くつらなって、その果てが見えない様を「千重に隠りぬ」と表現し、また結句に「大和島根は」と、古事記国生みの段の「大倭秋津島《おおやまとあきつしま》」（本州を表す）を彷彿《ほうふつ》とさせる力強い悠久の言葉で結んでいます。

二首目、「大君の遠の朝廷」とは筑紫の国の大宰府庁《だざいふちょう》を意味します。「あり通ふ」は船が通い続けるということでしょう。「島門」は島と島の間の海峡。「思ほゆ」とは、自然に思われてくる、の意です。はるか筑紫の国をめざしてゆく瀬戸内の島々の荘厳な姿を眺め、人麻呂は大八島国《おおやしまのくに》を生んだ神代へ思いを馳せていたことと思われます。

鴨山《かもやま》の岩根《いわね》し枕《ま》ける我をかも知らにと妹《いも》が待ちつつあるらむ

柿本人麻呂《かきのもとのひとまろ》

二・二二三

「石見国《いわみのくに》にて死に臨《のぞ》む時に自《みずか》ら傷《いた》みて作る歌」とあり、人麻呂の辞世の歌と伝えられています。鴨山は石見国（今の島根県）の山ですが、場所は諸説あります。「岩根しまく」とは、岩を枕として死んでゆくことをさし、「し」は強調。「鴨山の岩を枕に死んでいこうとしている自分であるとも知らないで、妻は私の帰りを待っていることであろう」、と自分を待つ妻への思いを残しながら、都から遠く離れた辺境の地で、人麻呂はその最期を迎えたのでした。没年は分かりかねますが、八世紀初頭であったようです。

いづくにか船泊《ふねは》てすらむ　安礼《あれ》の崎榜《こ》ぎ廻《た》み行きし　棚無小舟《たななしをぶね》

高市黒人《たけちのくろひと》

一・五八

大宝二（七〇二）年十月、持統天皇が遠く三河《みかわ》の国まで行幸されたときに従った黒人の歌です。安礼の崎の場所は分かっていません。棚無小舟とは舷《げん》の左右に棚が付いていない小さな舟のこと。「今夜はどこに舟泊まりをするのだろう、安礼の崎を漕いで回っていったあの棚無小舟は」という意ですが、旅にあって寂しく不安な気持ちが、崎の向こうに去った小舟の頼りない姿に投影されています。二、四、五句の七音すべてが四三調であることで、穏やかな感をもたらし、また結句の名詞止めで動きが静止し、叙景の映像が静かに幕を閉じるかのようです。寂寥《せきりょう》感の漂う名歌でありましょう。

旅にして物恋《こほ》しきに 山下の赤《あけ》の赭土船《そほぶね》 沖に榜《こ》ぐ見ゆ

三・二七〇

桜田《さくらだ》へ鶴《たづ》鳴き渡る 年魚市潟《あゆちがた》潮干《しおひ》にけらし 鶴《たづ》鳴き渡る

三・二七一

わが船は比良《ひら》の湊《みなと》に榜《こ》ぎ泊《は》てむ沖へな離《さか》りさ夜更《よふ》けにけり

三・二七四

同じく高市黒人の、巻三にある「羈旅《きりょ》の歌八首」のなかから三首を選びました。一首目、「赤の赭土船」とは丹《に》より濃いべんがらで塗った船で、官船かあるいは葬儀などの儀式のものと考えられています。「山下の」は赤の枕詞ともいわれます。「旅にあっていろいろと恋しい思いがしているのに、紅葉した山の下をゆく赤の赭土船が沖の海に漕いでいくのが見えることよ」。静かな調べのうちに、旅の寂しさがひたひたと迫るようです。

二首目は一転して動的な歌です。桜田は現在の名古屋市南区付近、年魚市は近くの愛知郡に位置します。「桜田に鶴の群れが鳴きながら渡っていくよ、年魚市の潟は潮が引いたのであろう、鶴が鳴いて渡っていく」とその意は簡明ですが、二句、四句で切れて一首三文をなし、「鶴鳴き渡る」の句を繰り返しているところ、リズム感あふれ、まことに印象鮮烈。鶴の声が空一杯に響きながら通り過ぎていくようで、映像と力強い音楽が一つになったような歌です。第三巻に前出の山部赤人の「若の浦の歌」に影響を与えています。

三首目、比良の湊は琵琶湖西岸の比良川河口。「なさかり」の「な」は、「……してくれるな」の意で強い気持ちがこめられています。歌は、「我々の乗った船は、今晩は比良の湊に漕ぎ渡って舟泊まりしよう。沖の方には離れないでくれ、もう夜も更けはじめてきたよ」ということ。古代の人々にとって、夜の沖合《おきあい》は恐るべきところでした。旅にあって無事を祈る気持ちがこめられています。

隼人《はやひと》の薩摩《さつま》の瀬戸《せと》を　雲居《くもい》なす遠くも我は今日見つるかも

長田王《おさだのおおきみ》

三・二四八

長田王は、八世紀の初頭に遥か筑紫の南、隼人族《はやとぞく》の勢力の強い薩摩に派遣されました。まだ日本が十分に統制できていない時代でした。このとき、薩摩に向かう瀬戸（狭い海峡）を望んで詠んだのがこの歌。当時の船でこの瀬戸を渡るのは至難のことでした。「隼人の」は薩摩の枕詞、また「雲居なす」は雲のかかるかなたの意で、「遠」の枕詞。「薩摩の潮の速い瀬戸を、雲のかなたに遠く、今日自分は望んでいることよ」と、国の南の果てを望む感動の心が真っ直ぐに詠《うた》われています。「雲居なす遠く」とは、一方ではこれまで都からはるかな旅路を、月日をかけて来たことへの感慨があったに違いありません。それが「今日見つるかも」という強い感動をもたらしたと思われます。

田子《たこ》の浦ゆ打《う》ち出《い》でて見れば 真白《ましろ》にぞ不盡《ふじ》の高嶺《たかね》に雪は降りける

山部赤人《やまべのあかひと》

三・三一八

山部赤人が官命によって東国に旅した折、神代から尊ばれた富士山を望み、賛嘆して詠った長歌に続く反歌で、のちに改変されて小倉百人一首に採られ、国民の愛唱歌ともなりました。「田子の浦ゆ」の解釈をめぐって昔から論じられてきましたが、「ゆ」は田子の浦を通ってそこから、という意と思われ、またこの歌が詠まれた場所は、『万葉の旅』を著した犬養孝氏によれば、田子の浦の上、富士山の展望が急に開ける薩埵《さった》峠であろうと論じています。歌の意は簡明で、「田子の浦を通って山蔭《かげ》から出てみると、おお、真っ白にも、富士の高い嶺に雪が降り積もっていたことであった」という感動。平明でありながら富士の姿さながら悠然《ゆうぜん》として、まことに貴い歌です。長歌は省きますが、一度は読んでいただきたい富士山讃歌の名歌です。

ここにして家やもいづく白雲《しらくも》の棚引《たなび》く山を越えて来にけり

石上卿《いそのかみのまへつきみ》

三・二八七

石上卿については伝不詳ですが、持統天皇の志賀行幸に供しての歌です。「ここにあってわが家はどちらにあるのだろうか、白雲が棚引いているあの山を越えて、はるばるここまで来たなあ」という感慨を詠っています。上二句でまず直接に思いを述べ、下三句ではるばると来た道を振り返っているのですが、心の動きをあるがままに素直に詠んでおり、大らかな心が感じられる秀歌です。同じような歌に大伴旅人の「ここにありて筑紫やいづく白雲の棚引く山の方にあるらし」(四・五七四)があり、これは後に作られた歌ですが、筑紫の国に思いをはせる旅人の真情が偲ばれます。

旅人《たびひと》の宿りせむ野に霜降らば　我《あ》が子羽《は》ぐくめ天《あめ》の鶴群《たづむら》

九・一七九一

天平五年（七三三）、遣唐使《けんとうし》の一行が難波から出航したとき、その一員として海を渡った青年の母親が、わが子の無事を祈って詠んだ長歌に添えられた反歌です。「旅人たちが野宿《のじゅく》をする野原に霜が降ったならば、なかの一人であるわが子を、羽にくるんで温《あたた》めてくれ、天をゆく鶴の群れよ」との意です。旅人とは唐の国に派遣された一行ですが、当時の人にとってははるかなる唐への海路は命をかけた苦難の旅でした。長い年月を、いつ還るか分からない息子を案じ、旅の幸いを祈る母の愛情がこもっており、それを鶴が雛《ひな》を羽ぐくむ姿にたとえて詠んだ素晴らしい歌です。

◯

巻十二には「羇旅《たび》に思《おも》ひを発《おこ》せる歌五十三首」「別れを悲しびたる歌三十一首」の題で、名もない人々の歌が並んでいます。どれも相聞の心が詠まれていますが、そのなかから秀歌をいくつか選びました。

旅にありて恋ふれば苦し　いつしかも都に行きて君が目を見む
十二・三一三六

み雪降《ふ》る越《こし》の大山《おほやま》行き過ぎて　いづれの日にか我が里を見む
十二・三一五三

志賀《しか》の海人《あま》の釣《つり》に燭《とも》せる漁火《いさりび》の　ほのかに妹《いも》を見むよしもがも
十二・三一七〇

旅の途《と》にあって、妻や恋人を思った歌です。一首目、「旅にあって恋するのは苦しい。いつか都に行ってあなたの目を見たい、お会いしたい」と、苦しいまでに恋する心を詠っています。あるいは女性の歌かもしれません。

二首目、「雪が降っている越の国の大きな山を通り過ぎて、いつの日に私の故郷を見ることができるのだろう」。雪の山中を、不安にかられながら越えようとしている男の、故郷を慕う心情がよく伝わってきます。

三首目、筑紫の国の志賀島《しかのしま》（博多湾の北）で釣りをする海人を見ながら、都に遠く離れた妻を思いつつ旅人が詠んだ歌と思われます。上三句は「ほのか」にかかる序詞《じょことば》。「志賀の海人たちが釣りのために灯している漁火の光のように、ほのかであってもいい、愛する妻を見ることができればなあ」の意。「もがも」は願望を表す終助詞です。夜の海の小さな光のなかで、心もうち沈んでいくようです。

草枕《くさまくら》旅行く君を人目《ひとめ》多み　袖振《そでふ》らずしてあまた悔《くや》しも

十二・三一八四

息《いき》の緒《お》にわが思《も》ふ君は　鶏《とり》が鳴く東方《あづま》の坂を今日か越《こ》ゆらむ

十二・三一九四

故郷に残りながら、旅行く夫や恋人を偲び、悲しむ歌です。一首目、「草枕」は旅にかかる枕詞。「(甲)を(乙)み」の表現は、「甲が乙であるので」の意で、通常甲は名詞、乙は形容詞です。「あまた」は、たくさん。「旅に立とうとしていたあなたのことを、人目が多かったので袖も振らないで別れてしまった、そのことを思うと、ほんとうにとても悔しくてなりません」の意です。いつまた会えるか分からない旅に立つ恋人に、別れを告げられなかった悲しみがよく表れています。

二首目、「息の緒」は命そのもの、あるいは命の長いことを意味します。「鶏が鳴く」は、東国を意味する「東《あづま》」の枕詞。「私が自分の命とも思うあなたは、はるか東国の山坂を、今日あたり越えることでしょうか」と、夫を案じ、行く末の幸いを祈る歌でしょう。「息の緒にわが思ふ」との激しい恋心が胸を打ちます。

○

次に紹介するのは、巻十五に載せられた遣新羅使《けんしらぎし》の歌です。天平八年（七三六）六月に難波を出発し、朝鮮半島の新羅に遣《つか》わされた使者たちと残された妻たちが、別れを悲しみ、海路の途にあって心を痛めながら詠んだ百四十五首もの歌群があり、あたかも一大叙事詩《じょじし》の様相を呈しています。瀬戸内海を漕《こ》ぎ渡ってすぐに海難に遭い、ようやく着いた筑紫の那《な》の津《つ》（現在の博多）でもまた風雨のために長期の停泊を余儀《よぎ》なくされ、大幅に予定より遅れて壱岐《いき》、対馬《つしま》に到着しました。その遥かな旅の途中で詠まれた望郷の歌は、人々の心を打ってやみません。

武庫《むこ》の浦の入江《いりえ》の渚鳥《すどり》 羽《は》ぐくもる君を離れて恋に死ぬべし

十五・三五七八

大船《おほふね》に妹《いも》乗るものにあらませば羽《は》ぐくみ持ちて行かましものを

十五・三五七九

別れていく夫婦の相聞の歌です。一首目、三句まではあとに続く序詞です。「武庫」は今の神戸付近、「渚鳥」は渚《なぎさ》に棲《す》む鳥の意。「武庫の浦の入江の渚に棲んでいる鳥が羽にくるんでひな鳥を守るように、大事に抱いてくださったあなたと離れてしまう私は、恋する思いのなかで死んでしまいそうです」と妻が詠《うた》うのですが、「恋に死ぬべし」という劇的な表現に、別れの激しい辛さが表れています。

二首目はこれに応えた夫の歌。「大きな船に妻を乗せることができるものなら、私の羽にくるんで持っていきたいものなのに」と、無念の心を届けるのでした。

君が行く海辺の宿に霧立たば　我が立ち嘆《なげ》く息と知りませ

十五・三五八〇

わがゆえに妹嘆《いもなげ》くらし　風早《かざはや》の浦の沖べに霧たなびけり

十五・三六一五

これもまた夫婦の歌の贈答でありましょう。一首目、「あなたが行かれる海辺の宿に霧が立つならば、それは私が家の外に立ってあなたを遠く偲《しの》んで嘆いている息だと、知ってくださいね」という意ですが、万葉の人たちは、嘆く息がそのまま霧になると感じていました。それから数日後、船は風早の浦に停泊しました。現在の広島県竹原の西部にあたりますが、その海に霧が立っているのを見て、夫が詠んだのが二首目です。「私のことを思って、妻が嘆いているのだろうよ、風早の浦の沖に霧がたなびいている」と、しみじみと嘆くのでした。霧をとおして、二人の心が切々と通いあう。

悲しみはあっても、素晴らしい愛情の歌です。

瀬戸内海の船路が続いたあと、一行の船は佐婆《さば》（現在の山口県防府付近）の周防灘《すおうなだ》の海上で突然暴風雨に襲われました。船は大波にもまれて漂流し、一夜を経てようやく波はおさまり、豊前の国（大分）の下三毛郡《しもつみけのこおり》の分間《わくま》の浦に漂着しました。副使であった雪宅麻呂《ゆきのやかまろ》は、ここで次の歌を詠みました。

大君《おほきみ》の命畏《みことかしこ》み 大舟《おほふね》の行きのまにまに宿りするかも

十五・三六四四

「大君」は天皇を指します。「命」はご命令。「大君のご命令を畏《かしこ》んでお受けし、大船が進んでいくままに、ここに停泊して宿りをすることよ」の意。苦難のなかで運命にゆだねつつ、無事に漂着でき、命令を守ることのできた安堵《あんど》感が感じられます。

船はようやく筑紫の国に到着。博多湾の海辺の館にあって、多くの歌を生みました。

季節はすでに秋を迎えていました。

今よりは秋づきぬらし　あしひきの山松蔭《まつかげ》にひぐらし鳴きぬ

十五・三六五五

これからはもう秋がやってきそうだ、山の松の木立の蔭でひぐらしが鳴いたよ、との意。筑紫に着くまでにすでに秋を迎え、カナカナと鳴くひぐらしの声に寂しさが募っていくのでしょう。寒さを迎えるこれからの旅路への不安も感じられます。

旅にあれど夜は火ともし居る我を　闇《やみ》にや妹が恋ひつつあるらむ

十五・三六六九

草枕《くさまくら》旅を苦しみ恋ひ居《を》れば 可也《かや》の山辺《やまべ》にさ男鹿《をしか》鳴くも

十五・三六七四

右二首は大判官であった壬生宇太麿《みぶのうたまろ》の歌とされています。一首目、「旅に出ているけれど、夜は火を灯して自分は居る、しかし妻は闇夜のように暗い気持ちで私のことをずっと恋い続けていることだろう」との意でしょう。夜のほのかな光のなかで妻を恋う、ゆらぐような調べの美しくも悲しい歌です。

二首目もまた妻を思う歌。可也の山は博多湾の西方糸島《いとしま》にあり、その姿から糸島富士とも呼ばれています。「草枕」は旅の枕詞、「さを鹿」の「さ、を」は接頭語。「旅が苦しいので故郷を恋しく思っていると、可也の山のあたりに牡鹿が鳴いていることよ」の意です。鹿は妻を求めて鳴きますが、その声を聞きながら、作者もまた妻に思いを馳はせていったことでしょう。淡々とした調べのなかに、真心があふれる歌です。

帰り来て見むと思ひし我が宿の 秋萩《あきはぎ》すすき散りにけむかも

十五・三六八一

肥前《ひぜん》の国、松浦郡（今の佐賀県）の狛島《こましま》で秦田麿《はたのたまろ》が詠んだ歌。「宿」は我が家。「旅から帰ってきて見ようと思っていた我が家の秋萩やすすきは、もうすでに散ってしまったことだろうか」。それなのに、まだまだ旅はこれからだという不安と、ふるさとへの郷愁がおりまざっています。

壱岐《いき》の島まで渡ってきたとき、副使であった雪連宅麿《ゆきのむらじやかまろ》が急に病で亡くなりました。一行の深い悲しみのなかで三人の部下が挽歌を捧げましたが、そのなかから反歌二首を挙げます。

はしけやし妻も子どももたかだかに待つらむ君や島隠《しまかく》れぬる

十五・三六九二

新羅辺《しらきへ》か家にか帰る壱岐《いき》の島行かむたどきも思ひかねつも

十五・三六九六

一首目、「はしけやし」はいとしい人たちへの詠嘆の詞《ことば》。「ああ、あの懐かしい妻や子どもたちが、今か今かと待ちわびているであろうに、君はこの島で身を隠してしまったのか」と、その死を心から悼《いた》んでいるのです。また二首目は、宅麿の死にとまどう心が如実《にょじつ》に表れています。「新羅の方に行こうか、それとも家に向かって帰ろうか。この壱岐の島にいながら、これからどこへ行くべきかの術《すべ》も分からないで、とまどっているよ」の意。一句、二句、三句と途切れる歌の調べに、その惑う心が反映されています。この歌、あるいは亡くなった宅麿の心になりかわって、無念の思いを詠んだのかもしれません。
やがて一行は、秋も深まってようやく対馬《つしま》に到着しました。予定よりはるかに遅い到着でした。

百船《ももふね》の泊《は》つる対馬《つしま》の浅茅山《あさじ》 時雨《しぐれ》の雨にもみたひにけり

十五・三六九七

天《あま》ざかる鄙《ひな》にも月は照れれども 妹《いも》ぞ遠くは別れ来にける

十五・三六九八

一首目、「もみたひに」は、紅葉《もみじ》するという意味の「もみづ」に継続の助動詞「ふ」と完了の「ぬ」の連用形が繋がった言葉。「たくさんの船が停泊している対馬の浅茅湾の上の山は、時雨の雨が続いてもう紅葉していることよ」との意ですが、はるばるとたどり着いて眺める、深まりゆく秋の景色に、深い感慨を催したことでしょう。

二首目、「天ざかる」は鄙《ひな》にかかる枕詞。「天遠く離れた対馬という鄙にも月は同じように照っている。しかし妻とは遠く別れてきてしまったことよ」と、月の光を眺めながら、はるかかなたの大和で同じ月を眺めているであろう妻に思いを馳せるのでした。

この遣新羅使の大使《たいし》は阿倍継麻呂《あべのつぎまろ》でした。その後一行は新羅に渡りましたが、外交使節としての待遇を受けられず、無念のうちに新羅から帰国途中、大使は対馬で病死したと伝えられています。

第六章

東歌、防人の歌

万葉集の魅力と素晴らしさは、宮中の人々や歌人に限らず、ひろく民衆の歌を採り入れたところにもあります。なかでも都から遠くはなれた東国の地方の民の歌は「東歌《あずまうた》」と呼ばれ、とくに巻十四は、二百三十首の歌全てが東歌で占められています。口伝えに伝わったもの、民謡風に皆で唄ったものも多いと思われますが、素朴で純粋で、しかもたくましい東歌の数々は、人々の共感を得て長く愛され続けてきました。まるで農民たちの息吹や手垢《てあか》が感じられるほどに屈託なくありのままに詠《よ》まれていますし、これらの歌からは、当時の農民の生活のあり様が窺《うかが》えるのも、とても興味深いものです。方言や訛《なま》りをまじえた歌が多く、その味わいを生かすために、方言の音のままに漢字（万葉仮名）を一字ごとに当てていった先人の思いと工夫は、古代の人々のまことを伝え、文化を伝えたという意味で、極めて貴重なものでした。

また巻二十には、東国を中心に、防人《さきもり》として遠く筑紫の国に派遣された人々の珠玉のような歌の数々が登場します。朝鮮半島における白村江《はくすきのえ》の戦いの大敗（六六三年）以来、唐や新羅《しらぎ》からの侵攻を防ぐために、国は強固な防備体制を整えましたが、そのために九州北部を中心に防人が配置されました。防人とは、徴用されて守備に当てられた兵士のことです。このとき、とくに武勇《ぶゆう》に優れると言われた東国の若者たちが防人として集められたのでした。第五章の旅の歌でも記したように、当時の旅は大いに危険をともなうものでした。東国から野を越え、山を越えて歩き続け、難波《なにわ》に集合したあとは、船出して潮の速い瀬戸内海を渡っていかなければならなかったのです。命あって故郷に帰ることができるかどうかも分からない旅。そのような旅に立つ防人と家族の離別の悲しみを、そしてその悲しみに耐えて国を守るのだという気概を、万葉集は伝えています。

東歌《あずまうた》の部

筑波嶺《つくはね》の新桑繭《にひぐはまよ》の衣《きぬ》はあれど 君が御衣《みけし》しあやに着欲《きほ》しも

一四・三三五〇

巻十四の東歌には、東国のどの地方の歌であるかが記してありますが、この歌は常陸《ひたち》の国《くに》（現在の茨城県にほぼ相当）とあります。筑波嶺は筑波山のことで古来、名山と貴ばれ、古事記や万葉集に多くの歌があります。農閑期にはその麓《ふもと》で歌垣《うたがき》が行われ、男女らが集まって歌を交わし、舞や踊りで豊穣を祈っていたと伝えられています。「新桑繭」は、新しい桑を食《は》んだ蚕《かいこ》の繭《まゆ》のことでしょう。新繭からとった絹糸で織った衣は、上等な着物。だけど、そんな衣よりも、あなたが身につけている衣をこそ、私はとっても着たいのですよ、という純朴な感情を詠《うた》ったのがこの歌です。「あやに」は「言いようもないほど、とても」という意で、好きな人が身につけたものは自分も着てみたいという、恋心が微笑ましく詠まれています。「君」は、多くは女性から好きな男性を呼ぶ言葉です。

筑波嶺《つくはね》に雪かも降らる 否《いな》をかも 愛《かな》しき子ろが布干《にぬ》さるかも
十四・三三五一

歌は上二句を受けて、一たん「否をかも」と待ったをかけ、さらに下二句で結ぶという三つのフレーズに分けられ、さらに「かも」(疑問の助詞)が三回繰り返されるなど、全体の言葉の調子から民謡風に唄われていたと思われます。「かなし」は、心から愛しているさま。「子ろ」は、「あの娘《こ》」というような親しみの表現。「降らる」や「干さる」、布《ぬの》を「にぬ」と呼ぶなどの地方の訛《なま》りにも興味をひかれます。歌は、「筑波の嶺に雪が降っているのかな、いいえ、そうではないだろうな、いとしいあの娘が白い布を干しているのかな」という意。実際に見えたのは、筑波の雪か、それとも布か、どちらだったのでしょう。

多摩川《たまがわ》にさらす手作り　さらさらになんぞこの子のここだ愛《かな》しき

十四・三三七三

「多摩川」は奥多摩から発して、現在の東京湾に注ぐ川です。上二句は次の「さらに」を導き出す序詞《じょことば》。「ここだ」は、こんなにたくさんの意、「愛《かな》し」は好きでならないこと。「さらさらと流れる多摩川にさらす手織りの布。そのように、さらにさらに、どうしてこの娘《こ》のことがこれほどまでに可愛くてならないのだろう」の意です。あふれるような恋心にのせて、「さら」の繰り返しが音楽を奏でるような美しい調べの歌です。昔は多摩川の流れで布を晒《さら》していたのでしょうが、この歌はそのような労働に携《たずさ》わっていた若者たちの相聞（恋）歌で、民謡風に皆で唄っていたとも考えられます。

信濃道《しなのぢ》は今《いま》の墾道《はりみち》 刈株《かりばね》に足踏《あしふ》ましなむ 沓《くつ》はけ 我が背《せ》

十四・三三九九

信濃道とは、信州つまり現在の長野方面に向かう道です。墾道とはあらたに開墾《かいこん》した道。刈株とは竹や木を刈ったあとの切り株です。「これからあなたが信濃へ行かれる道は、最近開墾したばかりの道です。切り株に足を踏んでしまわれますよ、どうぞ沓をお履きになってくださいな、私の夫よ」と、遠い旅路につく夫を気遣《きづか》う妻の歌です。四句で止まったあとに、「沓はけ 我が背」と、心をこめて呼びかける妻の声を、そのままうつしています。当時は草鞋《わらじ》が主体だったのでしょうが、それでは危ないので、木沓《きぐつ》を勧めたのでしょうか。それぞれの言葉が充実し、妻の知性と品位が感じられます。

信濃なる千曲《ちくま》の川の細石《さざれし》も　君し踏みてば玉と拾はむ

十四・三四〇〇

千曲川は信濃を代表する川で、下流は信濃川となって日本海に注ぎます。「細石」は、河原にあるたくさんの小石のこと。「君し」の「し」は強調です。女性の歌で、「信濃をゆく千曲川の河原の小さな石も、あなたが踏んだのならば、まるで玉のよう、そう思って拾っていきましょう」という恋心です。東歌の最初に挙げた歌は、恋人の着た衣を身につけたいという気持ちを、そしてこの歌では、恋人の歩いた石なら玉のように大切にしたいという純真な気持ちを表現しています。物はたんなる物でなくなって、そこに魂が宿るかのようです。このような豊かな心を歌に詠んだ万葉人の素晴らしさに、あらためて感動します。

下毛野《しもつけぬ》安蘇《あそ》の川原《かはら》よ石踏まず空ゆと来《き》ぬよ 汝《な》が心告《こころの》れ

十四・三四二五

下野《しもつけ》の国《くに》（現在の栃木県にほぼ相当）の民の歌。安蘇川は現在の秋山川とのこと。「よ」「ゆ」はともに、「……を通って」の意。「安蘇の川原から、その石も踏まないで空から飛んで来たのですよ。だからあなたの心を聞かせてください」というのですが、足も地に着かず、空を飛ぶように夢中になって娘さんに逢いに来た男の気持ちを、短い言葉のなかに実に巧みに表現しています。上四句まで一気に述べて、結句で強く相手の心にせまるのですが、「汝が心告れ」とまっすぐに飾りもなく訴えかける男の、真実味《しんじつみ》があふれています。

吾《わ》が恋はまさかも悲し　草枕《くさまくら》多胡《たこ》の入野《いりの》の奥《おく》もかなしも

十四・三四〇三

「まさか」は「まさしく今」という意で、結句の「奥」は未来を意味し、「まさか」と上下で対をなしています。「多胡の入野」は上野《かみつけ》の国（現在の群馬地方）の山奥に入りこんだ野で、ここでは「奥」にかかる序詞です。歌は「私の恋は、今まさしく悲しいほど切ないけれど、これからの旅路の末もまた、どうなることかと悲しくてならない」ということでしょう。「かなし」を二度繰り返すことで悲しみは深さを増し、読むほどに心に響いてきます。旅立つ男の歌、あるいは見送る女の歌、両方の解釈があるようです。

面白き野をばな焼きそ　古草《ふるくさ》に新草《にひくさ》まじり生ひは生ふるがに

十四・三四五二

「面白き」はここでは、趣《おもむき》があって快《こころよ》い、との意でしょう。「な……そ」は「……しないでください」という禁止への強い願いを表し、「……野をばな焼きそ」は「野を焼かないで」ということです。「がに」は「がね」の訛《なま》りで「……だろうから」や「……するように」の意。「この趣のある野を焼かないでくださいよ。古い草に、新しい草がまじって、次々と萌《も》えて生えてくるように」ということでしょう。「生ひは生ふる」と同じ言葉を重ねる言い方も快い調べで、印象がより鮮明になります。東歌では珍しく自然を詠んだ歌ですが、伊勢物語のなかにある「武蔵野は今日はな焼きそ若草の妻もこもれり我もこもれり」という新婚の歌から想像すると、この野原で恋人と戯《たわむ》れたい、だから野はまだ焼かないで、との気持ちが隠れているのかもしれません。

恋しけば来ませ 我が背子 垣つ柳末摘《やぎうれつ》み枯らし我立ち待たむ

十四・三四五五

「垣つ柳」とは、家を囲んだ垣根のなかに植えられた柳。「恋しく思っていらっしゃるなら、どうぞ来てください、大切なあなた。垣のなかの柳の末の葉を摘みながら、枝が枯れるまでいつまでも、私は立ってあなたをお待ちいたします」と男を待ちこがれる女の歌でしょう。「来ませ」と二句で切って「わが背子」と呼びかけ、さらに結句でたたみかけているところ、男を慕う女の声そのままの響きがあります。「垣つ柳末摘み枯らし」というところにも、女性らしいしぐさがあらわれ、地方独特の風情《ふぜい》がにじみでています。

稲搗《つ》けば皹《かか》る我《あ》が手を今夜《こよひ》もか殿の若子《わくご》が取りて嘆かむ

十四・三四五九

「稲をつく」というのは籾殻《もみがら》のついた稲を臼《うす》や杵《きね》で搗《つ》いて脱穀《だっこく》し精米《せいまい》することで、「かかる」とは手が荒れてがさがさとなること。「殿の若子」とは、お屋敷の若様というような身分違いの方ですが、この農家の娘に惚《ほ》れているのです。「稲を搗くので荒れてがさがさになった私の手を、今晩もまたお屋敷の若様が手にとりながら、嘆いてくださるのでしょうか」と、いじらしく待っている娘の歌です。「今夜もか」の「か」は疑問の助詞。身分は違っても愛情の通う素朴《そぼく》でほほえましい歌で、農村の生活や息《い》吹《ぶき》が感じられてきます。これも土地の民謡だったのでしょう。

高麗《こま》錦《にしき》紐《ひも》とき放《さ》けて寝《ぬ》るが上《へ》に何《あ》ど為《せ》ろとかも奇《あや》に愛憐《かな》しき　十四・三四六五

「高麗錦」は当時の朝鮮国である高麗《こうらい》の織物に似せて編んだ錦で、上等のもの。「あど」はどのように、「せろ」はしなさいという命令ですが、これらのほか、方言丸出しの実に素朴な歌です。「上等の高麗錦で編んだ腰紐を解き放って（衣を脱ぎ）、共に寝ている上に、どのようにしなさいというのか、まあほんとに、どうしようもなく可愛いことだなあ」という意でしょう。この上もなく好きでしようがない、それを明け透《す》けにここまで言っても、卑猥《ひわい》にならず明るく健《すこ》やかでさえありますが、それは心の真実が率直に表れているからでしょう。そんな飾り気のなさが、東歌の永遠に愛される理由であろうと思います。

子持山《こもちやま》若鶏冠木《わかかへるで》の黄葉《もみ》つまで寝もと我《わ》は思《も》ふ　汝《な》はあどか思《も》ふ

十四・三四九四

子持山は北群馬の山。「かへるで」は蛙のような手をした木の葉で、転じて「かへで（楓《かえで》）」のこと。「もみつ」は黄葉することです。この歌もまた、地方の青年の大らかで率直な気持ちが表れています。「子持山の若い楓の葉が秋に黄葉《こうよう》に色づくまで、ずっと一緒に寝ようと自分は思う、どうだね、お前はどう思う?」と愛する女に聞くのです。四句まで、好きで好きで、このままいつまでも共に寝ていたいという気持ちを飾ることなく正直に語り、結句は転じて、無邪気に相手に尋ねるのです、「汝はあどか思ふ」と。その方言がまた真実を伝えるのですが、相方に確かめて心も一つになりたいと思う。女の子の恥じらう顔も見えんばかりですが、楓の若葉の耀《かがや》くような春の季節、はちきれんばかりの若さが広げられる初々しい歌です。

吾《あ》が面《おも》の忘れむ時《しだ》は国溢《はふ》り嶺《ね》に立つ雲を見つつ偲《しぬ》ばせ

十四・三五一五

これから旅立つ男を見送る妻の歌でしょう。「国はふり」は、国の原からあふれる、の意。「もし私の顔を忘れるようなことがあるときには、訪ねていく国からあふれて嶺《みね》に立つ雲を眺めて、私のことを遠く偲んでくださいね」。悲しみをじっとこらえた妻のつつましさが歌の品位を高め、美しい言葉の調べを生んでいます。嶺に立つ雲を見て恋する人を思う心は、今も昔も変わりはありません。この歌に続いて、旅立つ男の歌がありますが、男は防人として旅立ったようです。

汝《な》が母《はは》に嘖《こ》られ吾《あ》は行く 青雲《あをぐも》の出《い》で来《こ》吾妹子《わぎもこ》 相見《あひ》見て行《ゆ》かむ

十四・三五一九

「こられ」は、叱られての意。「青雲の」は、雲が湧き出ることから「出」にかかる枕詞。「あなたのお母さんに叱られたので、私はもう帰ります。だけど、ちょっと外に出てきてください、私の妻よ、一目会ってから帰っていきたい」という男の歌。妻のもとに通っていた男が、何か失敗をして妻の母親に叱られたのでしょう。それでも妻には会いたいというやるせない思いが、ちょっと頼りない男の滑稽な歌となりました。農家でみんなが囃《はや》しながら唄った歌かと思われます。

昨夜《きそ》こそは子ろとさ寝しか　雲の上ゆ鳴きゆく鶴《たづ》の間遠《まとほ》く思《おも》ほゆ

十四・三五二二

三句と四句は、そのあとの「遠く」にかかる序詞です。「思ほゆ」の「ゆ」は自発の助動詞で、自然に思われてくる、という意。「さ寝」の「さ」は接頭語。「昨晩こそは、やっとあの娘《こ》と寝たのになあ、（雲の上を過ぎて鳴きながら飛んでいく鶴のように）ずっと遠くのことのように思われることよ」と、昨夜の逢瀬《おうせ》を夢のように振り返る男の恋情が胸に沁みるような歌です。「雲の上ゆ鳴きゆく鶴の」という、実体験のなかから生まれた序詞の、しかも悠然とした調べが、歌を格調高くしました。東国の方言を交えながらも、こんな秀歌が生まれるところに、当時の人々の心の豊かさが感じられます。

柵《さく》越しに麦食《は》む子馬《こま》のはつはつに相見《あひみ》し子らしあやにかなしも

十四・三五三七

最初の二句は、次の「はつはつ」の序詞で、「はつはつ」とは、わずかに少しだけ、の意です。柵を越えて子馬が麦を食べようとしても、少ししか食べられない、という農村での実際の体験が、そのまま素朴な言葉をつむぎ出しました。歌の中心の意は後ろ三句にあり、「ちょっとだけ会って一目見たあの娘《こ》のことが、どうにも可愛くてたまらない」というのですが、上二句に真情がこもっているために、青年の恋慕《れんぼ》の心が素直に伝わってきます。なおこの歌には、「或《あ》る本に曰《いわ》く」として「馬柵《うませ》ごし麦食《は》む駒のはつはつに新膚《にひはだ》触れし子ろしかなしも」の歌が添えられています。初々《ういうい》しい肌に触れた、とのフレーズには一層の喜びと心のときめきが感じられます。

青柳《あおやぎ》のはらろ川門《かはと》に汝《な》を待つと清水《せみど》は汲《く》まず立ち所《ど》平《な》らすも

十四・三五四六

「はらろ」は、芽が張る、あるいは葉が萌えることを意味する「はる」が訛《なま》ったもの。川門は川の水門で、水汲み場や舟の渡し場になっていました。「青い柳の葉が萌《も》え出ている川門であなたを待とうとして、清水は汲まないで、立っている地面を均《なら》してしまっているのですよ」との意で、方言を交えながらも、春の柳の下で男をひたすらに待つ若い女の恋心が美しく詠まれています。「立ち所《どな》平らすも」とは、行ったり来たりしているうちに地面が踏みならされてしまったということで、短い言葉で待ちこがれるさまを実によく表しています。「好き」や「愛する」などの主観的な言葉を用いずに、ありのままの光景を詠んでいながら、その心が自然に発露《はつろ》しており、古代の人々の表現の確かさに驚きます。

防人《さきもり》の歌の部

万葉集に防人の歌として収められているのは、巻十四に五首、巻二十に九十三首、計九十八首です。ことに巻二十における防人の歌の編纂には、当時兵部少輔《ひょうぶのしょうふ》として軍の統括に当たり、防人を監督していたという大伴家持《おおとものやかもち》が直接に関わっており、家持自身が歌を取捨選択し、万葉仮名を振り当てたと思われます。防人の歌群のなかには、家持自身が防人の心に成り代わって詠んだ長歌や短歌が十七首も収められていますし、さらに家持は、防人の歌において彼らが無名の一兵卒《いっぺいそつ》であったにもかかわらず、全てに作者の名前を残しました。これらを見ると、家持が防人の歌にいかに感動し、後世に伝えようとしたかが分かります。

ではまず巻十四のやや古い歌から見ていきましょう。

置きて行かば妹《いも》はま悲し　持ちて行く梓《あずさ》の弓の弓束《ゆつか》にもがも

十四・三五六七

おくれ居て恋ひば苦しも　朝猟《あさがり》の君が弓にもならましものを

十四・三五六八

この二首は、別れゆく防人とその妻の問答の歌です。一首目、「梓の弓の弓束」とは、強靭《きょうじん》な梓で作った弓の手で握る部分。「……もがも」とは「……であってほしい」という願望の言葉。「故郷に置いていったならば、妻はほんとうに悲しむ。防人として持っていく梓の弓の弓束にでもなってくれたらいいのに」と、できもしないと知りながら、切なる願いを語るのでした。

これに妻は応えて、「あなたが旅立ったあとに独りでいて、恋するのはとても苦しい。朝狩りするときのあなたの弓になってしまいたいのに」と嘆くのでした。「……

ものを」は、「……なのになあ」という願望の接続助詞です。連れていきたくてもできない、付いて行きたいけれども行けない。二人はともに二句目に「悲しい」「苦しい」と呼び合いながら、別れていくのでした。

防人《さきもり》に立ちし朝けの金門出《かなとで》に手離《てばな》れ惜《お》しみ泣きし子らはも

十四・三五六九

「朝け」は朝明けで日の昇る頃、「金門出」は門出と同じです。「防人として出立しようとした朝明けの頃の門出で、握った手を離して別れを惜しんで泣いたあの可愛い子よ」の意。「子ら」は前と同じく可愛い娘さんでしょう。下二句、まことに真情のままであり、「泣きし子らはも」という結びの感嘆詞に深い哀感と、抑えきれない情愛がこもっています。

葦《あし》の葉に夕霧《ゆふぎり》立ちて鴨《かも》が音《ね》の寒き夕《ゆふべ》し汝《な》をば偲ばむ

十四・三五七〇

防人の歌としては、驚くほど洗練された歌です。「葦の葉に夕方の霧が立ちこめ、鴨の鳴く声が響いてきて寒さの沁みるような夕べこそ、お前のことを遠くから恋い慕うことよ」と、いつまた逢えるか分からない妻を思う哀感が惻々《そくそく》として胸を打ちます。ことに上四句の叙景は、一つ一つの言葉が重厚で、第一章の冬の部で鑑賞した志貴皇子《しきのみこ》の鴨の歌を思わせる、格調高い歌です。

◯

巻二十は、「天平勝宝七歳（七五五年）乙未《きのとひつじ》二月《きさらぎ》、相替《あいか》へて筑紫の諸国《くにぐに》に遣《つか》はさるる防人等が歌」の題で、この年に東国の各地から派遣された防人たちの歌、九十三首の大作が続きます。

我が妻はいたく恋ひらし 飲む水に影《かご》さへ見えて世に忘られず

二十・四三二二

「恋ひらし」は「恋ふらし」の、また「影《かご》」は「かげ」の訛《なま》り。「私の妻はとても恋しい思いでいるようだ。飲もうとする水の面に、妻の面影までも現れてきて、到底《とうてい》忘れることができない」と、旅にあって家に待つ妻を恋う防人の歌です。はるかに恋い慕う思いは、水鏡《みずかがみ》にその人の顔かたちとなって表れると言われていますが、そのゆらぐような面影を見た防人の切ない心が偲ばれます。訛《なま》りのままに記された歌は、純朴な東国の人々の心をそのままに伝えています。

父母も花にもがもや 草枕《くさまくら》旅は行くとも捧《ささ》ごてゆかむ

二十・四三二五

「花にもがもや」とは「花であったらいいのに」という願望の意。「草枕」は旅の枕《まくら》詞《ことば》。「ささごて」は「ささげて」の訛り。「父も母も花であってくれればいいのになあ、草を枕にしていく遠い旅路を行こうとも、手に捧げもっていこうと思う」と、父母を花にたとえて、どこまでも一緒にいたいという、少年のように初々しい真心があふれ出た歌です。作者は遠江《とおとうみ》の国《くに》（静岡）、佐野郡《さやのこおり》の丈部黒當《はせつかべのくろまさ》と記されているだけですが、身分の低いまだうら若き青年だったのでしょう。

我が妻も絵に描《か》き取らむ暇《いつま》もか　旅《たび》ゆく吾《あれ》は見つつ偲《しの》はむ

二十・四三二七

「いつまもか」は「いとま（暇）があればなあ」という願望で、訛《なま》りがあります。「私の妻も、絵に書き留めていくだけの暇があればよいのになあ、防人として旅を行く途中、絵を見ながら妻のことを偲ぼう」の意です。上代のあの時代にも、田舎の人たちが絵を描いていたとは、とても興味深いことです。妻の絵を持って旅立ちたいという強い願望ですが、今なら写真もあり、動画像もすぐに送れるのですから、旅の感覚は全く違います。人生や旅に対して、昔の人たちがどれほど痛切な思いを抱いていたのか、振り返ることも大きな意味があるでしょう。

大君《おほきみ》の命《みこと》かしこみ　磯に触《ふ》り海原《うのはら》わたる　父母《ちちはは》を置きて

二十・四三二八

作者は相模《さがみ》の国《くに》（今の神奈川）の丈部造《はせつかべのみやつこ》人麿《ひとまろ》で、役目はやや上の人であったようです。「大君」は天皇をさし、「命」は詔《みことのり》のこと。「磯に触り」とは、磯づたいに触れんばかりに船で行くことです。「天皇の仰せになった詔を畏《おそ》れかしこみながら、磯に触れるほどに海原《うなばら》を渡っていくのだ、父母を故郷に置いたままで」ということでしょう。自分はこれから大切な役目を授かって、危険を冒《おか》して海を渡っていく、という決意のかげに、父母を残していく悲しみを湛《たた》えている防人の心情が窺《うかが》われます。

水鳥《みづとり》の立ちの急ぎに 父母《ちちはは》に物言《ものは》ず来《け》にて今ぞ悔《くや》しき

二十・四三三七

「物言ず来にて」も地方の訛《なま》りで「物言《い》はず来《き》て」のことです。「水鳥の」は「立ち」に掛かる詞《ことば》で、水鳥がいっせいに羽を広げて飛び立つさまを、急いで旅立ったときの比喩として用いていますが、農村で日ごろ目にする体験から自然に出た表現でしょう。「旅への出立を急いでしまったので、父母にものもきちんと言わないで来てしまったことが、今になってほんとうに悔しいことであった」と、いつまた会えるのか分からない親に、別れの言葉も残さず出てきたことへの悔しい思いを詠《うた》ったのでした。

忘らむて野《ぬ》ゆき山ゆき我来れど 我が父母《ちちはは》は忘れせぬかも

二十・四三四四

作者は駿河《するが》の国《くに》の商長首麿《あきをさのおびとまろ》とありますので、物資調達の長だったかと思われます。歌は「(命《めい》をおびてこれから遥《はる》か西に赴《おもむ》く、だから) 忘れよう、忘れようと思って、野を行き山を行き、はるばると来たけれど、私の父母のことは、どうしても忘れることができないのだ」の意でありましょう。「忘らむて」は、本来は「忘れむと」で、地方の訛りです。先の大東亜戦争に出征した方が、この歌を心をこめて朗唱されるのを聞いたとき、筆者は体が震えるほどの感動を覚えた思い出があります。出征するときに、少ない荷物のなかに万葉集を加えた兵士が多かったそうですが、彼らは防人の歌に強い共感を抱きながら、戦地に赴《おもむ》かれたのでありましょう。

父母《ちちはは》が頭《かしら》掻《か》き撫《な》で幸《さ》くあれて 言ひし言葉《けとば》ぜ 忘れかねつる

二十・四三四六

駿河国の丈部稲麿《はせつかべのいなまろ》という名もない青年の作で、東言葉《あずま》の訛《なま》りがちりばめられ、防人の歌を代表する歌として有名です。「さくあれて」は「さき（幸）くあれと」と同じ。「ぜ」は「ぞ」です。「父母が、私の頭を掻きなでながら、無事に元気で行ってこいよ、と言ってくれたその言葉を、どうしても忘れることはできない」と、単純素朴で意味は明瞭ですが、真率《しんそつ》な心が何の飾りもなく詠《うた》われています。涙ながらに、わが子の頭をかきなで、抱き合ったであろう両親と青年の姿が生き生きと目に浮かぶような、忘れえぬ歌です。天真の心そのままの歌です。

道の辺《べ》の茨《うまら》の末《うれ》に延《は》ほ豆のからまる君を離《はか》れか行かむ

二十・四三五二

上総《かずさ》の国（今の千葉）の丈部《はせつかべの》鳥の作。「茨」は「いばら」、「延ほ」は「はふ」の訛り。上三句は下の「からまる」につなぐ序詞です。「道のそばの茨《いばら》の木の末に、這《は》うように伸びて豆の蔓《つる》がからまっているように、私にからみついているあなたと、離れ離れになっていくのであろうか」と、別れの悲しみの極限を詠っています。ことに豆の蔓の絡まるさまへの連想など、農民ならではの生活感が如実《にょじつ》に詠《うた》われています。なまめかしい表現でありながら、嫌味がないところ、歌に真心がこもっているからでしょう。

我が母の袖《そて》持ち撫《な》でて我が故《から》に泣きし心を忘らえぬかも

二十・四三五六

「母が私の袖を持って撫でながら、防人として出てゆかねばならない私のために泣いた心を、いつまでも忘れることができない」という意ですが、別れ難い母子の思いが真っ直ぐに伝わる歌です。旅にあっても、しきりに母を思う子の真心が胸にせまります。

葦垣《あしがき》の隈所《くまと》に立ちて我妹子《わぎもこ》が袖《そで》もしほほに泣きしそ思《も》はゆ

二十・四三五七

「葦垣」とは葦の茎で編んだ家々を囲む垣根でしょう。「隈所」は見えないで陰になった所。「葦の垣根の陰で人には見えない所に立って、私の愛する妻が別れを惜しんで袖もすっかり濡れるほどに泣き濡れていた、そのことが思い出されることだ」というのですが、真情がこもり、哀切《あいせつ》に満ちた防人の歌です。ことに「袖もしほほに泣く」という表現は独特で、「しほほ」は布が濡れそぼっていることでしょうが、情景をよく表しています。人に知られないように慎《つつ》ましくしながらも、悲しみを包みきれないで泣く女の姿が感動を誘います。上総《かずさ》の国（千葉）の刑部直千国《おさかべのあたえちくに》の作と伝えています。

筑波嶺《つくばね》の早百合《さゆる》の花の　夜床《ゆとこ》にも愛《かな》しけ妹そ　昼も愛しけ

二十・四三六九

霰《あられ》降り鹿島《かしま》の神を祈りつつ　皇御軍《すめらみくさ》に我は来にしを

二十・四三七〇

これらの歌はともに常陸《ひたち》の国《くに》（今の茨城）の大舎人部千文《おおとねりべのちふみ》という防人の作です。一首目、上二句は序詞ですが、「ゆる」（「ゆり」の訛《なま》り）と次の「ゆとこ」（「よとこ」）の訛り）のユ音をつないだのでしょう。「かなしけ」は「かなしき」の訛りで、いとしいなあという感情。「筑波の嶺に咲く早百合の花のように愛らしい妻は、夜の床でも可愛い、それにまた昼も可愛くてならない」と、「かなしけ」を二度繰り返して、妻へのこよない愛を純朴に詠っています。上三句の調べが細やかで美しく、歌全体に早百合の花が香るようです。

二首目は一転して、防人として軍《いくさ》に旅立つ誇りを感じさせる力強い歌です。「霰降り」は鹿島の枕詞で、「鹿島の神」は建御雷《たけみかずち》の神（国を護る神）を祀《まつ》る神社です。「皇御軍」は天皇が率いられる御軍のこと。「来にしを」の「を」は感嘆の助詞。「国を護る鹿島の神に武運を祈りながら、天皇の御軍勢の一人として、私は参りましたものを」という感激の歌ですが、「を」に続いて妻を思う心を抑えているという解釈、あるいは武勲を立てずにおくものかという気概がこめられたとの解釈もあります。

いずれにしても、一首目で妻をいとしく思いながらも、二首目で国のために雄々しく旅立とうとしている心が率直に詠われている。この心は決して矛盾するものではなく、妻も国もともに愛してやまないのが人間の真心でありましょう。犬養《いぬかい》孝氏はこう記しています。「私に徹する思いと、それをおさえる公の思いと、その二つを一人で歌っている、大変すばらしい歌。千三百年たとうと何年たとうと、人間の、日本語のある限り、この真情の耀《かがや》きは、耀いて耀いてやまないだろうと思います」と。

今日よりは顧《かえり》みなくて 大君《おほきみ》の醜《しこ》の御楯《みたて》と出で立つ 我は

二十・四三七三

天地《あめつち》の神を祈りて 幸矢《さつや》貫《ぬ》き筑紫の島を指して行《い》く 我は

二十・四三七四

この二首はともに下野《しもつけ》の国《くに》（今の栃木）の防人の歌です。一首目、「醜」は自分を卑下した言葉ですが、同時に強く怖いものの意もあります。「今日からは、自分のことを顧みることはなく、身分は低くとも大君のしっかりした楯《たて》となって御軍に出立《しゅったつ》するのだ、この私は」という決意の歌です。「顧みなく」とは、心にかかるさまざまなことがあったに違いありません。しかしその私情にこだわらず、大君を護る一人として出征することを誇りとして詠ったものでしょう。

二首目もまた、「天地の神々を祈りながら、筑紫の島を目指して行くのだ、この私は」と堂々と詠っています。「幸矢貫き」は筑紫にかかる枕詞ですが、幸《さち》を招く矢を貫くという武運を感じる言葉です。

先の大戦の折には、これらの勇ましい歌ばかりがよく宣伝されたそうですが、戦後は逆に語られなくなり、防人の悲嘆《ひたん》の歌ばかりが強調された。これはともに、防人の心を一方的に見た見方でありましょう。前の項で犬養氏の言葉を紹介したとおり、私の心をもつのが人間的であると同時に、公に尽くす喜びを感じるのもまた人間です。その全体を見せてくれるのが、万葉集の素晴らしさだと思います。

津の国の海の渚《なぎさ》に船装《よそ》ひ立《た》し出《で》も時に母《あも》が目もがも

二十・四三八三

「津の国」は摂津《せっつ》の国であり難波（大阪）を船出するときの歌です。下二句は方言の訛りが続き、「も」の音の連続が独特の悲しい調べを醸《かも》しだしています。「津の国の海の岸辺に船を装いし、これから船出と旅立つときに、ああ母の目が恋しい、お会いしたい」という純真な嘆きの歌です。波速い難波の海から瀬戸内を越え、はるばる筑紫を目指すときに、いつまた帰ることだろうかと、一時《いちどき》に母の顔が目に浮かんだのでしょう。母を「あも」と呼ぶ青年の素朴な声が耳にこだまするようです。

唐衣裾《からころもすそ》に取りつき泣く子らを置きてそ来《き》ぬや母《おも》なしにして

二十・四四〇一

作者は信濃の国（今の長野）小県郡の国造《くにのみやつこ》、他田舎人《おさだのとねり》大島です。唐衣は唐風の上質の衣服で、出征する折に防人に支給されたもの。「唐衣の裾にとりついて泣くまだ幼い子らを、私は置いてきてしまったことよ。母親もいないのに」というのですが、「母なしにして」との結句の一言《ひとこと》で、万感の思いが迫ってきます。妻を亡くしたあとに、男手ひとつで育ててきた子どもたちを残して、遠く九州に向かわなければならない父親の愛と悲しみが、しみじみとした感動を呼びます。親子の愛を永遠に伝える名歌です。

草枕《くさまくら》旅の丸寝《まるね》の紐《ひも》絶《た》えばあが手と着《つ》けろ これの針《はる》持《も》し

二十・四四二〇

これは防人の帰りを待つ妻の歌です。方言丸出しで、いかにも東国の民の声が聞こえそうですが、実直でその心はじつに豊かです。「草を枕の旅にいるあなた、ごろっと丸寝して着物の紐はほころびていませんか。紐が切れてしまったら、私の手と思って、結んで着けてくださいね、ここにある針を手に持って」という意でありましょう。素朴ながら何と温かい心であることか。夫は遠い旅路にあって、糸針を持ちながら、悲しみのうちにも心がとけるように妻を思ったことでしょう。

防人にゆくは誰《た》が夫《せ》と問ふ人を見るが羨《とも》しさ 物思《も》ひもせず

二十・四四二五

防人の妻の歌ですが、作られたのは巻二十の一連の歌より昔とされています。「防人として行くのは誰の夫だろうと、集まった人たちの間で問う人がいる、その人を見ると羨ましいことだ、何ものを思わなくて言っていらっしゃる」というのですが、自分の夫は防人に指名され、その乱れる気持ちを抑えながら、うわさ話をする見送りの人たちの中に交じっていたのでしょう。自分の心を表には出せないでいる妻の嘆きが、この短い言葉のなかによく込められています。

闇《やみ》の夜《よ》の行く先知らず行く我をいつ来まさむと問ひし子らはも

二十・四四三六

巻二十の防人の歌として最後の歌ですが、これも昔の歌から採られたものです。「子ら」は、可愛いあの娘《こ》の意。「はも」は文末に置く詠嘆の詞。「闇の夜を行くように、行く先も分からないで旅立つ私のことを、いつ戻って来られるの、と問いかけたあの子よ、ああ」と、純真に問いかけた可愛い娘を、思い出してはこよなくいとおしく思う防人の歌です。「闇の夜の行く先知らず」という言葉に、防人の強い不安と悲しみがよく表され、胸打たれる一首です。

以上、防人の歌について鑑賞してきましたが、私にとって万葉集を身近に感じ、親しんだ最初の経験が防人の歌でした。当時の私とあまり年も違わない青年たちが、国のために一身を捧げ、家族との悲しい別れを乗り越えて遥《はる》か九州までも赴いたことに感銘を受け、その心を純粋にありのままに詠んだ歌の数々に感動し、圧倒されたのでした。千三百年も昔の人たちの歌が、私の心に真っ直ぐに届いて揺さぶる、そしてその心を共有することができる。何と素晴らしいことであろうと、深い喜びに包まれたことを思い出します。親を思い、妻を慕《した》い、子を愛し、故郷を離れる悲しみを乗り越えて、公のために一途《いちず》に生きた防人たち。その率直で真心あふれる歌の合唱は、時を超えて後世の人々に感動を与え、永遠の命として耀《かがや》き続けることでありましょう。

第七章
筑紫の国の歌

朝鮮半島における白村江《はくすきのえ》の戦い（六六三年）に敗れたわが国の内には、大きな衝撃が走りました。唐や新羅《しらぎ》からの侵攻を防ぐために、大和朝廷は国防上重要な地に防人《さきもり》を配置し、対馬《つしま》や筑紫をはじめとして都に至る主要な地域に城を築きました。七世紀後半には、那《な》の津《つ》（今の博多）の陸側に大宰府《だざいふ》政庁が置かれ、九州の統治とともに国防や外交の府となりました。その規模は奈良の都に次ぐもので、「遠《とお》の朝廷《みかど》」とも呼ばれました。神亀《じんき》四年（七二七）この大宰府に、帥《そち》（長官）として赴任したのが大伴《おおともの》旅人《たびと》でした。大宰府には都から派遣された多くの官人がいましたが、そのなかから山上憶良《やまのうえのおくら》をはじめ和歌を好む人々が旅人の周りに集まりました。こうして生まれた三百首を超える歌が万葉集に収められたのですが、その集まりを後に筑紫歌壇《つくしかだん》と呼んでいます。遥か都から離れた悲しみをともにした人々の歌は、万葉集のなかでも特別な薫りを放っています。

世の中は空《むな》しきものと知る時し　いよよますます悲しかりけり

大伴《おおとも》旅人《たびと》

五・七九三

大宰帥《だざいのそち》として赴任した旅人でしたが、都からともに来た妻の大伴郎女《おおとものいらつめ》が大宰府に着いてまもなく、病のために亡くなってしまいました。都から弔問《ちょうもん》に訪れた人に、その思いを伝える文書には「永《ひたぶる》に崩心《ほうしん》の悲しみを懐《いだ》き、独り断腸《だんちょう》（深い悲しみ）の涙を流す」と記し、この歌を付していました。「世の中は空しいものだ、ということを身にしみて知ったとき、いよいよますます悲しみにおそわれることよ」と、長く連れ添った妻を亡くした悲しみのうちに、旅人は独り涙を流すのでした。当時はわが国の仏教興隆の時期で、旅人もその教えを聞き知っていたでしょうが、旅人の世の空しさへの感慨は、仏教の教えを超えてさらに痛切なものであったと思われます。このとき旅人は六十三歳。すでに高齢であり、これから先の筑紫での暮らしには辛い思いがあったことでしょう。「いよよますます」と繰り返す言葉に、日に日に深まる旅人の悲しみが偲ばれます。この歌は巻五の筆頭におかれました。

妹《いも》が見《み》し棟《あふち》の花は散りぬべし わが泣く涙いまだ干《ひ》なくに

山上憶良《やまのうえのおくら》

五・七九八

大野山《おほのやま》霧立ち渡る わが嘆く息嘯《おきそ》の風に霧立ち渡る

五・七九九

山上憶良は大伴旅人に先立って筑前守《ちくぜんのかみ》として大宰府に着任していました。年齢は旅人よりさらに五歳上の六十八歳でした。憶良は妻を失った旅人に出会い、旅人の心となって「日本挽歌（やまとのかなしみのうた）」と題する長歌および反歌五首を捧げました。ここに挙げたのは反歌のうちの二首です。憶良は遣唐使の一員として漢文化を学んだエリートでしたが、日本挽歌と呼んだのは、唐とは違うわが日本の歌であるとの意識からであったと思われます。

一首目、「妹」は旅人の妻のこと。「楝」は初夏に青い小さな花を咲かせる大樹で栴《せん》檀《だん》のこと。「妻が好んで見ていた楝の花は、もうほとんど散ってしまいそうだ。妻を亡くして泣くわたしの涙は、まだ乾いてもないのに」という意です。ここで「わが」とは、旅人の身になって憶良がそう呼んだのでしょう。旅人の妻が亡くなったのはおよそ晩春でしたが、それからもずっと嘆き続けている旅人の心を思いやり、その心と一つになって詠んだのです。

二首目、大野山は大宰府庁の後方の小高い山ですが、山全体をおおって霧がこめているのを眺めて、旅人の心を思いやりつつ詠んだ歌です。「息嘯」は息がうそぶく、という意で、嘆きのために吐く長い息のこと。「大野山に霧が立ち渡っている。ああ、私が嘆いて吐きだす息が風となり霧となって、山を覆ってたち渡っていることよ」。

二句で「霧立ち渡る」と一度止め、また結句で「霧立ち渡る」を繰り返す、その対句によって、嘆きは倍加されています。また「たちわたる」と現在形で結んでいるために、目の前にありありと霧の渡り行く姿が迫ってくるようです。それにしても、嘆きの心が霧となると感じた上代の人々の感性は、なんと豊かなことか。重厚な調べの和歌ですが、妻を亡くした嘆きは、声に出して詠むことによって、さらに身にしみて感じられてくることでしょう。

天平二年（七三〇）正月、大宰府の大伴旅人の邸では、咲きはじめた白梅を愛《め》でて「梅花《ばいか》の宴《えん》」が催されましたが、主人である旅人など三十二人の作による歌が巻五に収められています。梅は、当時はわが国に渡来したばかりの花で、珍重されていました。これらの歌には漢文調で記された序文があり、これが平成のあとの新元号となった「令和」の原典です。元号が日本の国書から採用されたのは史上初めてでした。「時に、初春の令月《れいげつ》にして、気淑《きよ》く風和《やわ》らぎ、梅は鏡前《きょうぜん》の粉《こな》を披《ひら》き……」という文から「令」「和」が選ばれましたが、「令」には、清々しい、佳《よ》い、美しいなどの意があり、「和」は和やかに心ひとつにとけあうという日本人伝統の精神です。「新しい春をむかえてこの佳い月に、気は清々しく風は和らいでいる、白梅の花は鏡の前で美女が白粉《おしろい》で装うように美しく花開き……」と、その折の風景をめでながら、ともに膝を交えて杯を酌《く》み交わす宴のさまを伝えています。この折の歌から三首だけを選びました。

わが園《その》に梅の花散る　ひさかたの天《あめ》より雪の流れ来るかも
五・八二二

春さればまづ咲く宿の梅の花　ひとり見つつや春日《はるひ》暮らさむ
五・八一八

梅の花今盛りなり百鳥《ももどり》の声の恋しき春来たるらし

五・八三四

一首目は、主人である大伴旅人の歌で、「私の庭園に白梅の花が散っている、ああこれは（ひさかたの）高い天《そら》から雪が流れ落ちてきているのだなあ」と、散る花を雪に見立てて、ほろ酔いの気分で花見の宴を楽しんでいる様子が感じられます。しかし、降る雪も、散る梅の花も、はかなく消えてゆく。実は旅人の心の奥には、妻を亡くした悲しみがひそんでいたにちがいない。都を離れてきた心細さと悲しみは、集《つど》った人たちに共通のものだったでしょう。その悲しみがあるからこそ、今は宴をともに楽しもうという心でひとつになったと思うのです。

二首目は山上憶良の歌ですが、「春さる」は「春がやってくる」の意。「春になるとまず咲き開くのがわが家の梅の花、しかしこの美しい花もひとり眺めながら、この春の一日を暮らすのであろうか」という孤独の寂しさを詠んでいますが、この歌も自分のことより、主人である旅人の内心を思いやっていたのかもしれません。

三首目は、田氏肥人《でんしのうまひと》という下官の作です。「梅の花は今が盛りだなあ、いろんなたくさんの鳥の声が響いて恋しい春が、やって来たようだ」と、一首二文ですが、春をよろこぶ明るく爽やかな歌です。

この宴の後に、旅人はふたたび歌を詠みました。


わが宿に盛りに咲ける梅の花 散るべくなりぬ 見む人もがも

五・八五一

「私の家に盛んに咲いている梅の花も、もう散ってもよい頃になった。ああ、これを一緒に見る人があればなあ」というのですが、亡くなった妻を思い出し、梅の散りゆくさまをともに見たかったと、なつかしむ心がこめられています。

驗《しるし》なきものを思はずは一杯《ひとつき》の濁《にご》れる酒を飲むべくあるらし

大伴旅人《おおとものたびと》

三・三三八

言はむすべせむすべ知らず極《きは》まりて貴きものは酒にしあるらし

三・三四二

あな醜《みにく》賢《さか》しらをすと酒飲まぬ人をよく見れば猿《さる》にかも似る

三・三四四

旅人の大宰府での楽しみは酒でした。都を遠く離れ、妻を亡くした旅人は、独りで飲む酒、友人たちと酌《く》み交わす酒に心を慰《なぐさ》められたのでしょう。旅人の有名な「酒を讃《ほ》むるの歌十三首」のなかから、三首を選びました。

一首目、「験」とは効能や効果の意。「濁れる酒」は、濁り酒のことで、当時は米を口で噛《か》んで造っていたようです。「役にも立たないことは思わないようにして、一杯の濁り酒を飲むべきでしょうよ」というほどの意ですが、つまらないことでくよくよするより、酒を酌《く》んで楽しむことがこの世の生きがいではないか、と語りかけているようです。

二首目、「すべ」は方法のこと。「どう言えばいいのか、どうすればいいのかも分からないほどに、極め付きで貴いものは、酒というものであるらしい」と、何とも言えず酒は最高だと、褒《ほ》めちぎっています。

三首目の大意は、「ああ何と醜いことよなあ、賢《さか》しらぶって酒を飲まないというような人をよ〜く見ると、猿に似ていることよなあ」ということですが、酒に酔った口調そのままが聞こえてきそうで、「猿」とは実におかしな譬《たと》えです。同じ人間同士、酒を飲んで飾らないで付き合っていこうではないか、という旅人の思いが迫るようですが、この他にも酒の功徳《くどく》を詠む歌の数々が展開されています。

青丹《あをに》よし寧楽《なら》の都は 咲く花のにほふがごとく今盛りなり

小野老朝臣《おののおゆ》

三・三二八

大宰府の次官として赴任した小野老が、当時の天平の世の奈良の繁栄を詠んだ望郷の歌。「あをによし」は建物を青や赤に塗った色が美しいさまで、そのまま奈良の枕詞《まくら》詞《ことば》でもあります。情景をそのままに詠んでいるので分かりやすく、咲く花がにおうように華やかでにぎやかな奈良の情景が、目に見えるようです。「にほふ」は、美しく咲いているさま、耀《かがや》いているさま、また佳《よ》い香りが漂うさまを表す美しい大和言葉です。当時、聖武《しょうむ》天皇と光明《こうみょう》皇后の間に初めての皇子が生まれたことへの、祝福の歌ともいわれています。

しらぬひ筑紫《つくし》の綿《わた》は　身に付けていまだは着ねど暖けく見ゆ

沙弥満誓《さみまんせい》

三・三三六

沙弥満誓は、大宰府政庁の近くの観世音寺《かんぜおんじ》を造営した別当《べっとう》（社寺の長官）。当時筑紫の国は真綿《まわた》の名産地であったらしく、大量の綿が都に送られていた記事が残っています。貴重であったたくさんの綿を見て、満誓は心惹《ひ》かれたのでしょう。「しらぬひ（不知火）」は筑紫にかかる枕詞。「有名な筑紫の綿は、まだ身につけて着たことはないけれど、いかにも暖かそうに見えることよ」と、歌の意は簡明ですが、ふわふわとして柔らかい白綿に包まれるような心温まる歌です。これも仏につかえる満誓の穏やかな人柄の表れでしょうか。

天地《あめつち》の神も祐《たす》けよ 草枕 旅行く君が家に至るまで

四・五四九

大宰府の高官であった石川足人《いしかわのたりひと》が天平五年（七二八）に都に帰るにあたって、大宰府に近い葦城《あしき》という駅舎で送別の餞《はなむけ》をした折の歌と記載されていますが、作者は明らかでありません。上二句で「天地の神々も、きっとお助けください」とまずは念じたあと、「草を枕の旅を行くあなた（足人）が、都の家に帰りつくまでは」と遠い旅路の無事を祈る歌ですが、歌全体の調べは力強く純粋で、これほどに別れを惜しまれた足人という人物の人柄が偲ばれます。

月夜《つくよ》よし　川音《かはと》さやけし　いざここに行くも行かぬも遊びて行かむ

大伴四綱《おおとものよつな》

四・五七一

大伴四綱は筑紫の大宰府において、防人《さきもり》の司《つかさ》を務めていました。大伴旅人が、まもなく都に帰ることとなって、友人たちが送別の宴を開きましたが、この時に四綱が詠んだ歌です。「月夜はいいし、川の音も清らかではないか、さあ友らよ、ここに集まってくれ、行く人も、ここに残る人も、今宵は遊んで過ごそうではないか」。一句目、二句目の区切りに、まるで唄っているようなリズム感があり、豊かな情感があふれています。都を遠く離れて、大宰府で苦労をともにした友人たちとの別れ、いつまた会えるか分からない旅路につくその送別の宴を、美しい月が照らしていたことと思われます。

丈夫《ますらを》と思へるわれや　水茎《みずくき》の水城《みずき》の上に涙拭《のご》はむ

大伴旅人《おおとものたびと》

六・九六八

天平二年（七三〇）の冬十二月、旅人は四年弱の大宰府の任を終えて都に帰ることとなりました。別れの人並みのなかに、児島《こじま》という名の遊女がいましたが、妻をなくした寂しさのなかで、旅人は宴《うたげ》の席で児島と親しんでいたのでしょう。児島は、旅人との別れを惜しんで、涙ながらに二首の歌を吟《ぎん》じました。つつましいその歌には、当時の遊女の心栄《こころば》えの高さがうかがわれます。その歌声に、旅人が応えたのがこの歌です。「水茎の」は水城の枕詞で、水城とは大宰府を外敵から守るために築かれた長大な堤で、現在もその遺跡が昔のままに現存しています。「立派な男とみずからは思っていた、それなのに私は水城の上に立って、ひとり涙をぬぐうのだ」と、児島との別れ難い思いを吐露《とろ》しました。雄々しい調べの歌でありながら、雄心《おごころ》にまさる別離の嘆きを詠んだ絶唱です。老いの身には、ひとしお身にしみる別れであったことでしょう。

わが背子《せこ》に恋ふれば苦し 暇《いとま》あらば拾《ひろ》ひて行かむ恋忘《こいわす》れ貝《がい》

大伴坂上郎女《おおとものさかのうえのいらつめ》

六・九六四

大伴旅人の異母妹であった大伴坂上郎女は、兄旅人が都に帰るのに先だって大宰府を出発し、都に向かう折に、筑紫の浜辺で貝を見て歌を詠みました。坂上郎女には、大宰府で知り合って恋した人があり、筑紫を離れて別れていく旅は辛いものでした。「いとしいあなたが恋しくて苦しい、急ぐ旅だけれど暇《いとま》があるならば、拾っていきましょう、恋を忘れるという貝を」と、苦しい恋を忘れて旅立っていこうと心に決めるのでした。「恋忘れ貝」とは二枚貝の片割れの貝殻《かいがら》で、浜辺の砂の上によく見かけますが、その名づけ方がとても美しく、この言葉で末句を止めることにより、優雅な余韻が響くようです。

妹《いも》と来《こ》し敏馬《みぬめ》の崎を 帰るさに独《ひと》りし見れば 涙ぐましも

大伴旅人《おおとものたびと》

三・四四九

九州を旅立って都に帰る道の途中、旅人は亡き妻とともに同じ道を九州に下った昔を思い出しながら、五首の歌を残しました。それぞれに情感のこもった歌ですが、これは都も近づいた摂津の敏馬の岬を通ったときのもの。「(筑紫への道を)妻とともに来て見た敏馬の崎を、都に帰る途中に独りで眺めると、涙があふれてくることよ」の意です。歌全体にしみじみとした情意が流れていて、旅人の哀しみが胸に沁みるようです。

大伴旅人

人もなき空《むな》しき家は 草枕旅にまさりて苦しかりけり

三・四五一

妹《いも》として二人作りしわが山斎《しま》は 木高《こだか》く繁《しげ》くなりにけるかも

三・四五二

吾妹子《わぎもこ》が植ゑし梅の樹《き》 見るごとに こころ咽《む》せつつ涙し流る

三・四五三

旅人は大宰府からの長旅を終えて都に帰ってきました。しかしふるさとの家には、かつての愛しい妻の姿はありません。旅人はあらたな哀しみのなかで、三首の歌を詠みました。一首目は、「人もいない空しい家は、旅にあったときにもまさって、苦しいことよ」。二首目、「山斎」は山中に造園した憩いの場所。「妻とともに二人で作ったわが家の庭園は、植えた木々も高くなって葉がたくさん茂るようになったことだなあ」と、妻と過ごした昔の日々をなつかしく偲んでいます。三首目は、「いとしい妻が植えた梅の樹は、見るたびに心もむせびながら、涙が流れてくる」と、老いの涙にくれながら、この世に妻のいない悲しみを詠《うた》っています。

丸田淳氏はその著『万葉への架け橋』のなかでこのように記しています。「家から庭へ、そして木へと焦点をしぼって、おわりに感動が極点に達した状況を詠いあげたこの連作は、まことに見事であるといわねばならない。然して心情にしても、また表現においても、極めて自然で何の技巧もない、殊《こと》に目立つことのない言葉の中に、無限の感動をたたえた、淡々として流れるが如きこれらの歌に見られる情調は、旅人にしてはじめて詠《えい》じられたところなのである」と。

高齢の旅人でしたが、妻を亡くした哀しみをこれほどまでにありのままに詠い上げているという、その純粋な精神。それが旅人という人の魅力です。旅人はこの年三月、従二位という臣下としての最高位を得ましたが、同年七月には病のため死去いたしました。

○

憶良らは今はまからむ　子泣くらむ　それその母も吾《あ》をまつらむぞ

山上憶良《やまのうえのおくら》

三・三三七

「宴《うたげ》をまかる歌」つまり、宴会の途中で退散いたします、という題がある憶良の有名な歌で、大宰府での作品でしょう。「憶良ら」の「ら」は謙《へりくだ》っていう接尾語。歌の大意は「この憶良めは、今から退散、失礼いたしますぞ。子どもが泣いておるでしょうし、それにその子の母親も、私の帰りを待っているでしょうからね」ということでしょう。宴会もいいけれど、早く妻や子にあいたいなあ、という憶良の家庭への愛情があふれています。妻とは言わず、「それその母」という呼び方も、照れている様子が窺えますし、やれやれ憶良さんの子煩悩《こぼんのう》にも困ったものだ、と嘆く同僚の目も感じられて、面白い歌です。内容が日常の生活を写して素朴であり、また二句目、三句目、結句の終わりを推量の「らむ」で結んでリズム感があり、親しみやすいのがこの歌の魅力です。

子等を思ふ歌　　山上憶良

瓜《うり》食《は》めば 子ども思ほゆ 栗《くり》食めば まして偲《しぬ》ばゆ いづくより 来《きた》りしものぞ　まなかひに もとなかかりて　安眠《やすい》しなさぬ　五・八〇二

反歌

銀《しろがね》も黄金《くがね》も玉もなにせむに まされる宝《たから》子にしかめやも　五・八〇三

前作同様に子どもを思う歌ですが、憶良を代表する歌であると同時に、万葉集の代表的な歌でもあります。長歌と反歌をあわせて全てをここに掲げました。「まなかひ」は「目交い」で「目の前に」の意、「もとな」は「わけもなく」「しきりに」の意、「安眠」は安らかに眠ること。長歌の大意は、「瓜を食べていると、子どものことが思われる。栗のようにめったにないものを食べると、まして子どもが思われてくる。一体《いったい》、どこから来たものだろうか、子どもの面影が目の前にどうしようもなく浮かんできて、ゆっくり眠ることもできない」。瓜や栗などの美味いものをいただいては、これを食べたいだろうなあ、と家で待つ子どもを思って悶々《もんもん》とする親心が、如実に表されています。長歌としては短いものですが、簡潔で分かりやすく、人々の心に真っ直ぐに訴える力をもっています。

長歌は子どもへの思いを体験的にあるがままに詠んでおり、反歌は一般的にとらえて、子どもは世の中の宝以上の宝だと称《たた》えています。「なにせむに」は、「何かすることがあろうか」の意。「銀や金、それに玉などの宝がどうだというのか、それらにも勝《まさ》って貴い宝は、子に及ぶものがあるだろうか」というのです。このように、子どもの貴さを歌として残してくれた憶良という先人がいたことは、日本の文化史上まことに有り難いことでした。

子どもたちを芯《しん》から大切にして愛するのは、日本人の伝統的な心情なのでしょう。日本の古くからの文芸にも色々と描かれ、また江戸時代に来日した外国人たちは、日本は子どもたちの天国であると驚いて記しています。その心情が万葉集という上代の歌集にすでに示され、人々がこれを十分に感得していたという事実は、日本人の心が、小さなもの、哀れなものに対してはことに、細やかで温かいものであったことを教えてくれています。

世間《よのなか》を憂《う》しとやさしと思へども　飛び立ちかねつ　鳥にしあらねば

山上憶良

五・八九三

「風交じり、雨降る夜は……」から始まる「貧窮問答の歌《ひんきゅうもんどう》」は、極貧の生活になやむ人々の暮らしのさまとその心を表した長大な作品です。寒さのなかで食べるものも着るものも乏しいなかで、父母を養い、妻子を守り、病みがちな体でこの世を渡る男の悲嘆を、その男になりきって五七の調べにのせながら見事に描いています。憶良という人が、庶民の暮らしや苦しみにいかに心を寄せていたかが想像できる長歌ですが、その反歌が頭書《とうしょ》の歌です。

「やさし」は「恥《は》ずかしい」の意。「この世の中を、辛いものだ、生きていくのも恥ずかしいほどだと思うけれど、飛び立って遠くにいくこともできない。鳥ではないのだから」と、貧しい民のどうしようもない苦しみを詠っています。

術《すべ》もなく苦しくあれば 出《い》で走り去《い》ななと思《も》へど 児《こ》らに障《さや》りぬ

山上憶良

五・八九九

巻五の終盤には、山上憶良が記した長文の「沈痾自哀《ちんあじあい》の文」、すなわち病に沈み自ら哀れむという漢文調の手記があり、その後に「老いたる身に病を重ね、年を経て辛《たし》苦《な》み、また児らを思《おも》へる歌七首」が載っています。これは反歌の一つで、「生きる術《すべ》も逃《のが》れる術もなく、苦しくてたまらないので、家を出て走り去ってしまいたいと思うのだが、しかしそれでは子どもたちが生きていくのに妨《さまた》げになって、どうすることもできない」と、苦しい生活のなかにも、いとしい子供たちとともに生きていく現世の嘆きを描いているのです。なおこの歌は、憶良が大宰府《だざいふ》での勤めを終え、都に帰ってからのものと思われますが、この章のなかで合わせて解説いたしました。

たらちしの母が目見ずて　おほほしくいづち向きてか　吾《あ》が別るらむ

山上憶良

五・八八七

出《い》でてゆきし日を数へつつ今日今日と吾《あ》を待たすらむ父母《ちちはは》らはも

五・八九〇

大伴君熊凝《おおとものきみくまごり》は肥後《ひご》の国《くに》（今の熊本）の人で十八歳でしたが、従者として都に向かう途中で病に遭い、安芸《あき》の国《くに》（今の広島）で命を亡くしてしまいました。その亡くなる直前に嘆いて述べた言葉を伝え聞いた筑前の国司山上憶良が、「熊凝に代わって、その心を述べた歌に慎《つつし》んでなぞらえ」、六首の歌を詠みました。ここには反歌二首を挙げています。

一首目、「たらちしの」は「たらちねの」と同じく母の枕詞。「おほほし」は「ぼんやりとしている」「うっとうしい」の意で、「いづち」は「いづこ（何処）」と同じです。「母上の目を見ないで（お会いできないで）、心も暗いままに、どの方向に向かって私は別れていくことであろうか」と、母を恋い慕《した》いながら、最後に会えない悲しみを詠《うた》っています。また二首目は、「私が故郷を離れてからの日数を数えながら、今日帰るか、今日帰ってこないかと、私を待ってくれている父母であろうに」と、故郷に待つ父母への深い思いを残して亡くなった若き青年の心を、悲しく詠った憶良でありました。

これまでの憶良の歌で紹介してきたように、ひたすらに庶民の心の痛みを自分の痛みとして、苦難をともにしようとする憶良の慈愛の心が、これら一連の作品群を生み出しました。憶良は、ようやく晩年に故郷に帰りついたものの、病のためにほどなく亡くなりました。行年七十四であったと伝えられています。

大君《おおきみ》の遣《つかは》さなくに さかしらに行きし荒雄《あらを》ら 沖に袖《そで》振る

筑前国《つくしのみちのくのくに》志賀《しか》の白水郎《あま》

十六・三八六〇

荒雄《あらお》らを来むか来じかと飯盛《いひ》りて門に出で立ち待てど来《き》まさず

十六・三八六一

沖つ鳥鴨《かも》とふ船の還《かえ》り来《こ》ば也良《やら》の崎守《さきもり》早く告げこそ

十六・三八六六

筑紫の那《な》の津（今の博多湾）の北には志賀島があり、波の荒い玄界灘に面していますが、この島に昔、荒雄と呼ぶ屈強の海人《あま》がいました。あるとき海人の仲間が、官から依頼された食料を対馬《つしま》の島まで運ぶのに、老齢のために海を渡っていく自信がないと言って、荒雄に代わりを頼みました。持ち前の気風《きっぷ》で、頼みを引き受けて船出した荒雄でしたが、たちまち空が暗くなり海は荒れ、ついに船は沈んでしまったのでした。家族は荒雄の帰りをひたすら待ちますが、八年を経てもついに帰ってくることはなかったのです。この間に、荒雄の妻子が作ったとされる歌十首が伝えられているのですが、一部は山上憶良《やまのうえのおくら》が妻子の悲しみを偲《しの》んで代作したともいわれています。ここには三首のみを挙げましたが、十首全体を通して味わうとき、海人の悲しみがひたひたと押し寄せるような迫力があります。

一首目、「大君」は天皇の意ですが、ここではお上《かみ》、つまり大宰府の官を指すでしょう。「さかしらに」は「自ら進んで」の意。「荒雄ら」の「ら」は親愛の接尾語。「大君からの命令で派遣されたわけでもないのに、自分から進んで海に行った荒雄が、沖に袖を振っていることよ」と、男気《おとこぎ》のある荒雄との最後の別れを、家族は痛恨の思いで思い出しているのでしょう。

二首目、「荒雄はいつ帰ってくるのか、今日もまだ帰ってこないのか、と飯を盛って祈りを捧げ、門の前に立って待っているのに、まだ帰ってきてはくださらない」との家族の嘆きです。飯を盛るのは、旅立ったものへの無事を祈る風習で、今も陰膳《かげぜん》をお供えするのと同じです。門の前に立ち、海を眺めてはひたすらに待ち続ける家族の悲しみが、心のままに真っ直ぐに詠われています。

三首目、「沖つ鳥」は鴨の枕詞ですが、「鴨」は荒雄の乗った船の名前です。「也良の崎」は博多湾のなかの能古島《のこのしま》の北端の岬で、荒雄の家族の住む志賀島が目の前にあります。「鴨という名の船が帰ってきたならば、也良の崎を守る人よ、すぐに知らせてください」と、訴えています。家族の切なる願いがひしひしと感じられる歌です。

荒雄に寄せる一連の歌について、保田與重郎《やすだよじゅうろう》は『わが萬葉集』にこう記しています。「この十首歌は、悲しみの思いを子細《しさい》をつくして述べ、他人も我も一つになって悲しんでいる。これは愛情以前の親しみの心である。人が人であることの根源の情にて、人と人との最も純情なつながり、未生《みしょう》に始まり、なきあとの未来にもつづくような、人の心そのものである。……天地未分《みぶん》の、天地の初めにあるような、なつかしさである。こういう天地の初めという感情は、萬葉人の歌の原因の心情だった。ここが萬葉の第一義である」と。

万葉集、心と心が寄り合って生まれた歌の数々、それは日本人が永遠に懐かしむことのできる「心の故郷《ふるさと》」でありましょう。

あとがき

万葉集全二十巻は、次に挙げる大伴家持《おおとものやかもち》の短歌をもって閉じられています。

新《あらた》しき年の初めの初春《はつはる》の今日降る雪のいや重《し》け吉事《よごと》

大伴家持

二十・四五一六

家持は天平宝字《てんぴょうほうじ》二年（七五八）に因幡《いなば》の国（今の鳥取）の国守として赴任しましたが、それは家持にとっては左遷《させん》ともいうべき厳しい措置《そち》でした。聖武《しょうむ》天皇の時代には、大伴家と縁の深かった橘諸兄《たちばなのもろえ》（万葉集編纂にも深く関与したと伝えられています）が左大臣として世の信頼を得ていましたが、聖武天皇の崩御、橘諸兄の死去により、時代は藤原家の権勢に急速に傾いていていました。そんななか、謀反を計画した一味とみなされた大伴一族には厳しい処断が下ったのでした。家持は謀反とは距離を置いていたため、処罰は免《まぬが》れましたが、都からは遠ざけられてしまったのです。

そのような失意のなか、翌正月の元旦に、因幡の国庁で郡司《ぐんし》らを招いて宴を行い、その席で家持が詠んだのが、頭書《とうしょ》の歌です。「いや」は「ますます」の意、「しけ」は「しく（重なる）」の命令形。「新たな年の初め、その初春の今日という日に、降り積もる雪のように、ますます佳《よ》いことが積もり重なりますように」という、これからの前途を寿《ことほ》ぐ歌です。「の」を四つの名詞で繋《つな》ぎ、初句から四句まで積雪《せきせつ》のように重ねて伸びやかな調べを出し、最後に「いやしけ吉事」と名詞で結び、祈るように余韻《よいん》をふくんで終わっています。雪のように世に穢《けが》れのないことへの願い、悲しみを乗り越えていこうという希望をこの一首に託《たく》して、家持は万葉集を結んだのだと思われます。

万葉集の編纂《へんさん》という大事業が、どのようにして行われたのかは、まだ謎に包まれています。しかし家持は、因幡の国守から二十七年後の延暦四年（七八五）に亡くなっていますので、この残りの半生において万葉集編纂事業に精力を傾けたのではないでしょうか。家持の後半生は苦難に満ちたものでしたが、その偉業はわが民族の続く限り、永遠に伝えられていくことでしょう。

万葉集に始まる和歌の歴史は、その後の日本文化の中核的な精神を形成してきました。現代にいたるまで、どれほど多くの歌が作られてきたことか、おそらく天文学的な数字でしょう。ことに皇室においては、和歌は諸学問の中心であり続け、歴代の天皇方の御製の数は膨大《ぼうだい》です。和歌は人の心と心を繋ぐ「和」そのものであり、また神々への祈りの仲立ちとしての言葉でもありました。古今集の序にいうように、「力をも入れずして天地《あめつち》を動かし目に見えぬ鬼神《おにがみ》をも あはれと思はせ」、人に感動を与え続けてきたのが、和歌です。和歌はまた、姿を変えて俳句という新しい形を生み出し、日本人の感性を育みながら、これからも生き続けていくことでしょう。

万葉集は広大な森林であり、泉が湧いて川となり、野の草花が咲きみちる大草原です。本書では万葉集のなかからとくに秀歌と感じたものを選んで鑑賞してきましたが、それは全体の一割にも満たず、私としては道端に咲く少しの草花を摘《つ》んで籠《かご》に入れたにすぎません。本書をご覧になった皆様が、さらに万葉集をひもといて、新しい言葉の世界に遭遇し、命あふれる一つ一つの歌に感動していただければ幸いです。感動は無限でありましょう。

最後に、本書の企画編集に携わっていただいた致知出版社の藤尾秀昭社長をはじめ、編集作業を実際に手伝っていただいた小森俊司氏、また常に励ましと助言をいただいた白駒妃登美《しらこまひとみ》女史をはじめ、友人、家族に心からの感謝を述べたいと存じます。

令和元年七月　雲の峰の立つころ

小柳 左門

索引

【あ】

【か】

【さ】

【た】

【な】

【は】

【ま】

※和歌の初句と二句、および作者名を掲げ、初句の五十音順に並べた。作者名のないものは作者不詳のものである。

【参考図書】

『萬葉集古義』 鹿持雅澄 国書刊行会
『萬葉集』一～四 編者・小島憲之他 新編日本古典文学全集 小学館
『新訓万葉集』上・下 佐々木信綱編 岩波文庫
『万葉集』一～四 中西進編 講談社文庫
『万葉秀歌』上・下 斎藤茂吉 岩波新書
『万葉秀歌』一～五 久松潜一 講談社学術文庫
『萬葉集名歌選釈』 保田與重郎 新学社
『わが萬葉集』 保田與重郎 新潮社
『万葉集の鑑賞及び其の批評』 島木赤彦 講談社学術文庫
『万葉の詩情』 吉野秀雄 彌生書房
『万葉の旅』上・下 犬養 孝 現代教養文庫
『万葉の人びと』 犬養 孝 新潮社
『万葉のいぶき』 犬養 孝 新潮社
『万葉のこだま』（三部作） 犬養 孝 新潮社
『萬葉集 その漲るいのち』 廣瀬 誠 国文研叢書
『万葉への架け橋』 丸田 淳 錦正社

〈著者略歴〉

小柳 左門（こやなぎ・さもん）

昭和23年佐賀県生まれ。修猷館高等学校、九州大学医学部卒業。九州大学医学部循環器内科助教授、国立病院機構都城病院院長などを経て、平成25年より社会医療法人原土井病院病院長、26年より「ヒトの教育の会」会長。医学関連以外の著書に『皇太子殿下のお歌を仰ぐ』（展転社）、『白雲悠々』（陽文社）。共著に『名歌でたどる日本の心』（草思社）、『日本の偉人100人』（致知出版社）など。編著に『親子で楽しむ新百人一首（かるた）』（致知出版社）がある。

ポケット万葉集

令和元年八月三十日第一刷発行

著者 小柳 左門

発行者 藤尾 秀昭

発行所 致知出版社

〒150-0001 東京都渋谷区神宮前四の二十四の九

TEL（〇三）三七九六―二一一一

印刷・製本 中央精版印刷

落丁・乱丁はお取替え致します。 （検印廃止）

ISBN978-4-8009-1211-4 C0095

ホームページ https://www.chichi.co.jp

Eメール books@chichi.co.jp